W0369819

Naturalis
Biodiversity
Center

www.naturalis.nl

Tweede druk 2016

© Tekst Daan Remmerts de Vries
© Dagboekfragmenten Anne Schulp, Naturalis
© Foto's: zie pagina 93
Boekverzorging Oranje Vormgevers
Uitgeverij Leopold Amsterdam | www.leopold.nl
NUR 223 | ISBN 978 90 258 7087 4

DAAN REMMERTS DE VRIES

T.rex

TRIX IN NATURALIS

NATURALIS | LEOPOLD

INHOUD

67
MILJOEN
JAAR GELEDEN

OOIT, ZO'N 67 MILJOEN JAAR GELEDEN, WAS ER EEN EI. HET EI WAS WIT EN LANGWERPIG. HET HAD EEN DIKKE, HARDE SCHAAL.

HET WAS ZO LANG ALS EEN FLINK BROOD. HET WAS ONGEVEER DRIE KILO ZWAAR. DAT IS NET ZO ZWAAR ALS ZO'N VIJFTIG KIPPENEIEREN BIJ ELKAAR. HET EI LAG IN EEN REUSACHTIG NEST OP DE GROND; EEN KUIL WAARVAN DE RANDEN BEDEKT WAREN MET ROTTENDE, DODE PLANTEN. EROMHEEN LAGEN 21 ANDERE EIEREN.

WANNEER LEEFDE TYRANNOSAURUS REX?

PRECAMBRIUM	PALEOZOÏCUM				
	Cambrium	Ordovicium	Siluur	Devoon	Carboo
Op de nieuwe planeet aarde vormt zich heel langzaam land. Er komt steeds meer zuurstof in de atmosfeer en de eerste bacteriën ontstaan.		485 mjg	444 mjg	419 mjg	359 mjg

4600 mjg

541 mjg

* mjg = miljoen jaar geleden

Alles wat hier wordt verteld is een mogelijkheid. Want veel dingen die hier worden beschreven over het leven van Trix, de tyrannosaurus, zijn niet zeker – het zijn veronderstellingen. Niemand heeft tenslotte ooit een *T. rex* in het wild gezien; *Tyrannosaurus* leefde in een tijd dat er geen mensen waren. Alles wat we dus tegenwoordig aannemen is afkomstig uit het onderzoek van fossielen. Van botten. Door pootafdrukken. Door vraatsporen en uitwerpselen. Verder hebben we het leven van Trix moeten invullen met theorieën, en met vergelijkingen met wat we weten van andere dieren uit die tijd. Als een soort puzzel, waarvan alle totaal verschillende stukken in elkaar worden gepast; waarbij we ook nog kijken naar de dieren die nu leven, en lijken op de dino's van toen. Bovendien wordt er telkens – bijna dagelijks – weer iets nieuws ontdekt! Dus laat dit duidelijk zijn: het is een puzzel die nooit helemaal af zal komen.

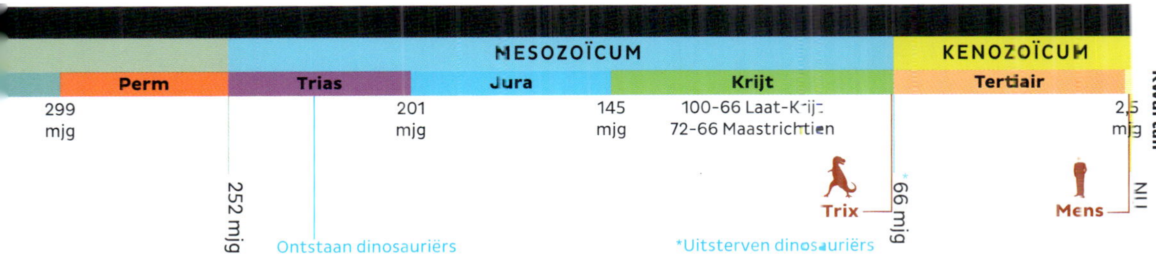

***T. rex* leefde in het Laat-Krijt, en dan in de nadagen; de periode van het *Maastrichtien*.** Dit was het tijdperk van de reptielen, waaronder de dinosaurussen. En verder waren er vissen en amfibieën en insecten; en er waren kleine zoogdieren. Die zoogdieren leken op ratten of marmotten, en meestal, op een enkele uitzondering na, waren ze niet veel groter. Er waren bovendien vogels. Andere vogels dan nu; wel met veren, maar ook met tanden (feitelijk waren het kleine

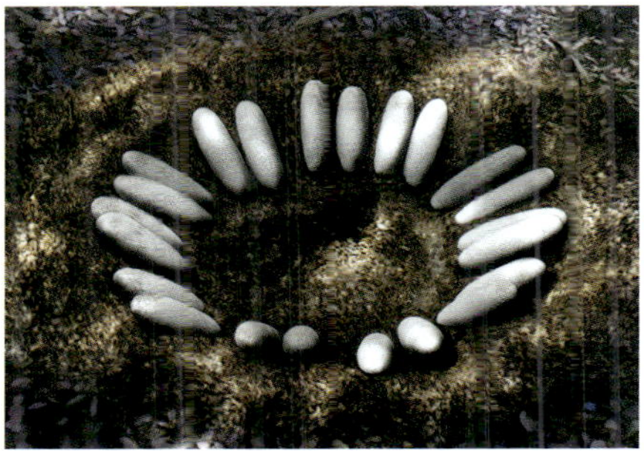

Zo zou een *T. rex*-nest eruit gezien kunnen hebben.

T. REX PASPOORT

KLASSE Reptielen
SUPERORDE Dinosauria
ORDE Saurischia
ONDERORDE Theropoda
FAMILIE Tyrannosauridae
SOORT Tyrannosaurus rex

BETEKENT Koning van de Tiranhagedissen
LEEFPERIODE Einde van het Krijt-tijdperk
LENGTE Tot 13 meter
GEWICHT Tot 5000 kilo
AANTAL TANDEN IN DE BEK 58
(Maar T. rex bleef haar hele leven tanden wisselen, meestal zaten er zo'n 50 tanden in haar bek)

vliegende reptielen). Waren ze veelkleurig, zoals de vogels van nu? Het kan. Klonk er gezang of getsjirp? Mogelijk. In ieder geval waren er kreten; was er geroep, gekrijs, gekwetter. Soms kwamen er vluchten of groepjes langs. En ook bestonden er ontzagwekkende, vliegende roofdieren; zoals bijvoorbeeld *Quetzalcoatlus* (p.23)! Het grootste vliegende beest dat ooit heeft bestaan. Als gigantische vleermuizen flapten die door de lucht, zoekend, cirkelend, speurend naar eetbaar leven op de grond.

Het was zo warm als het in de tropen of bijna-tropen kan zijn. Het regende veel en vaak. En het gebied waar *Tyrannosaurus* leefde bestond gedeeltelijk uit vlakten (met hier en daar bomen), en gedeeltelijk uit moerassen en bossen; er stroomden rivieren doorheen, er waren meren. In die bossen stonden naald- en loofbomen en coniferen. Op de bosgrond groeiden kruipplanten, bloemen, palmvarens en palmen. Geen gras. Nergens gras – dat bestond nog niet.

En, om het maar overduidelijk te maken: nergens wegen of elektriciteitsmasten. Nergens bedrijventerreinen, nergens supermarkten, parkeerplaatsen, golfbanen of omheiningen. Nergens het gebrom van auto's, nergens tuinen, nergens flats of huizen of kerken. Er kwamen geen ronkende vliegtuigen over. Er bestond geen muziek. De aarde was woest en vochtig en heet.

Tyrannosaurus rex

Tyrannosaurus rex, ook bekend onder de afkorting *T. rex*, was een van de grootste roofdino's die ooit hebben geleefd. In verhouding tot de rest van het lichaam was de kop enorm. Opvallend waren bovendien de korte voorpootjes met twee klauwtjes; volkomen anders dan de grote, sterke achterpoten! Die waren voorzien van ijzersterke botten, bekleed met olympische spieren. *Tyrannosaurus rex* leefde in het westen van Noord-Amerika. Geen andere dino is zo beroemd. *Tyrannosaurus rex* is de enige die iedereen bij de wetenschappelijke voor- en achternaam kent.

T. rex is de ster van films als *Jurassic Park* en *Walking with Dinosaurs*, van strips, posters en reclame. Het lijkt alsof wij en *T. rex* heel bekend met elkaar zijn, maar dat is niet zo. Het verschrikkelijke én schitterende dier heeft nog veel geheimen. Misschien juist daarom houden we zoveel van haar.

En hier, in de buurt van een kabbelende rivier waarboven muggen en libellen dansten, was het grote nest met 22 tyrannosauruseieren. Waarschijnlijk lagen ze onbedekt in de zon. Ze zouden niet afkoelen, ook 's nachts was het behoorlijk warm. In een van die eieren lag Trix opgerold te wachten tot ze groot genoeg was om tevoorschijn te komen.

TRICERATOPS

De meest voorkomende planteneter uit het Laat-Krijt. Leefde in groepen. Hij kon zich goed verdedigen met de twee hoorns op zijn kop en nog een extra op het uiteinde van zijn bek. Een steek daarvan kon een *Tyrannosaurus rex* dodelijk verwonden. Lengte 8 meter.

Trix had twee ouders, natuurlijk. We noemen ze Mira en George.
Mira was groot! Ze was van neuspunt tot staartpunt ongeveer 13 meter lang. Als ze stond, met haar kop naar voren, dan reikte haar kruin zo'n 4 meter boven de grond. Mira was daarmee een echte reus.
Maar een stille. We denken altijd dat de grond schudt als er reuzen rondlopen. Dat is niet zo. Mira liep meestal met kalme stappen, haar staart verend achter haar aan, door de planten en de struiken. De takken kraakten, dode bladeren knerpten, de planten veegden schurend langs haar huid, zeker – maar Mira kon sluipen als een indiaan. Ze moest wel; want Mira joeg op andere dieren. Als die haar al van grote afstand hadden horen aankomen was ze kansloos geweest.
George was iets kleiner. George was maar een meter of 12 lang. Toch nog een hele kerel.

George en Mira hadden elkaar ontmoet op een zinderende, hete ochtend. Mira was in het gezelschap van twee soortgenoten, allebei dames. Alle drie waren ze nerveus geworden toen die kerel ineens opdook te midden van de bomen. Een tijdlang hadden ze naar elkaar gekeken, soms zacht grommend. Daarna hadden de drie dames zich omgedraaid en waren weggelopen. Maar George had het niet opgegeven. Hij was erachteraan gelopen, stil, verend. Soms weer grommend en snuivend. Hij had gevoeld dat een van die vrouwen best zin had in zijn gezelschap; hij had haar geursignalen opgevangen. En dus was hij meegetrokken met het groepje, op een respectabele afstand. Drie dagen lang had hij zo om ze heen gecirkeld. En op een onbewaakt moment had hij zelfs wat happen kunnen eten van een door hen gedode, alweer grotendeels afgekloven triceratops.

En op een middag waren ze dan een paar geworden. George had het geroken; Mira was er klaar voor geweest om hem te ontvangen. De veren op zijn achterhoofd en zijn rug waren overeind gaan staan. Hij was steeds dichterbij gekomen. Ze hadden diepe, grommende geluiden uitgewisseld. Hij had zijn keel getoond, waarmee hij wilde zeggen: ik bedoel het goed. Daarna hadden ze een soort van dans uitgevoerd.

Terwijl de twee anderen van een afstand toekeken, had George om Mira heen gedanst, met schuddende, op en neer gaande bewegingen, waarbij zijn achterpoten schrapend over de grond veegden. Ze gromden. Ze loeiden, ze brulden. Ze waren alles in de buurt vergeten. En ten slotte wist George achter Mira te komen. Met zijn kleine voorpoten drukte hij haar omlaag, hij beet zich vast in haar hals. Mira spartelde en krijste. Haar staart zwaaide heen en weer, toen omhoog. Ze ging, leunend op vier poten, voorover staan. George stond rechtop. Ze paarden.

Met dat grauwen en bijten en worstelen leek het veel op een gevecht. Op een gegeven moment rukte Mira zich los; in haar hals zat nu een bloedende wond. Nijdig deed ze een uitval naar George. George brulde terwijl hij haar ontweek, hij holde een eindje weg. Niet ver. Hij ging er niet vandoor. Ook die nacht bleef hij in de buurt.

De kleine kudde wende langzaam aan zijn aanwezigheid. De vrouwen wisten de volgende dag een edmontosaurus te verwonden. Als een troep leeuwen bewogen ze zich voort door de schaduwen van het bos. Snuivend, soms zacht en heel diep grommend, om contact met elkaar te houden; maar meestal stil. Een van de dames ving een geur op; en bijna onmiddellijk roken de anderen het ook. Nog veel geluidlozer trokken ze verder. Ze verstijfden toen ze geschuifel hoorden, en het kraken van stengels. Ze verspreidden zich rondom de nog nietsvermoedende prooi.

Edmontosaurus was zwaar en log; rustig stond hij – het was een mannetje – op vier poten, voorovergebogen te grazen, met meerdere rijen tanden beet hij de stugge planten af en vermaalde ze. Iets verderop liepen twee vrouwtjes. En niet ver daarvandaan stond de rest van de kudde, in totaal achttien dieren.
Maar vlakbij knapten er takken. Verschrikt keek de mannelijke edmontosaurus op. En toen er van twee kanten tegelijk, plotseling brekend door de bladeren, de koppen opdoken van twee exemplaren van de grootste vijand die hij had, holde hij in blinde paniek in de enige richting die nog vrij leek te zijn. Hierop hadden de dames gerekend. Want ineens, vlak voor de hollende prooi, dook de derde op. Die stortte zich op de edmontosaurus, hij werd achter in zijn rug gebeten. De enorme, gekartelde tanden – zo groot als bananen – boorden zich met kracht door de taaie huid. Door vlees en zelfs door beenderen. De edmontosaurus loeide. Direct na de beet kwam de aanvaller weer overeind. De edmontosaurus holde weg, bloedend en gedeeltelijk mank aan een achterpoot, achter de andere leden van zijn kudde aan.

Nu begon een tergende, trage achtervolging. Langzaam maar zeker liep de jachtgroep, zijn geur feilloos volgend, achter de gewonde edmontosaurus aan. Dat ging zo meerdere uren door. Aan het einde van de dag zakte de edmontosaurus door zijn poten. Hij was ziek geworden, niet eens zozeer door de beet, als wel door de bacteriën die tijdens die beet waren binnengekomen. Die bacteriën hadden zich inmiddels door het lichaam verspreid. Het dier was koortsig geworden, en uitgeput door het bloedverlies. En nu kon het niet verder meer.
Dit was waar de jachtgroep op had gewacht.
De dames doken op het stervende dier, ze beten in de hals en in de rug, ze duwden het omver en trokken het uiteen. Ze gromden tegen elkaar, de een viel de ander zelfs aan; de sterkste – Mira – mocht als eerste eten. Het mannetje – George – was als laatste aan de beurt. Hij moest genoegen nemen met een stuk van de staart en enkele mergrijke botten. Krakend versplinterde hij de beenderen, moeiteloos slikte hij de stukken door.

EDMONTOSAURUS

Een eendensnaveldinosauriër, een planteneter zonder klauwen. Hij leefde waarschijnlijk in groepen. Van deze dino zijn ook huidafdrukken bewaard gebleven. Lengte tot 12 meter.

Een krakendharde bijter

Wetenschappers denken dat *T. rex* over de krachtigste beet ooit beschikte. Nooit voor of na de dinokoning heeft er een dier bestaan dat zijn kaken zó hard kon dichtklappen! Paleontologen hebben dat aangetoond door de spierkracht te berekenen en experimenten te doen met een namaak *T. rex*-gebit. Zo ontdekten ze dat *T. rex* veel harder beet dan de huidige kampioen van het dierenrijk, de krokodil. Tijdens het eetgeweld ging er weleens iets mis. Een tand brak af op een weerbarstig bot of bleef haken in taaie huid. Geen ramp voor *T. rex*, want in de kaak stond meteen een nieuwe klaar. Onder elke tand groeide een reserve-exemplaar, klaar om in te springen als zijn grote broer verloren ging. In slechts 300 dagen groeide zo'n invaller uit tot een machtige dolk. Zo komt het dus dat *T. rex* meestal zulke 'rafelige' rijen tanden had.

THESCELOSAURUS

Kleine tweevoetige planteneter met een lange staart en een langwerpige spitse kop met een snavel. Daarmee knipte hij voedzame planten af die hij verder vermaalde met rijen kleine tanden. Lengte 2,5-4 meter.

Ze joegen op triceratopsen, op edmontosaurussen en één keer vingen ze een thescelosaurus. George begon mee te werken aan het omsingelen van de prooien. Als ze een prooi hadden geveld, dan vochten ze er telkens om, of dreigden ze in ieder geval naar elkaar.

Ze sliepen in elkaars nabijheid. Ze gingen liggen, voorover of op hun zij, ergens tussen de struiken. Een van de leden van de groep bleef rondscharrelen, die hield de wacht; voornamelijk om te voorkomen dat ze verrast zouden worden door andere tyrannosaurussen. Ze sluimerden meerdere uren, soms zelfs nog langer. Als er een dino in de buurt verscheen waren ze onmiddellijk wakker. Zo werd George lid van de groep. Hij paarde in de eerste weken nog enkele malen met Mira. Hij paarde ten slotte ook met een andere, kleinere vrouw – we noemen haar Estelle. De derde – we noemen haar Wanda – gromde vervaarlijk als hij te dicht in haar buurt kwam.

Samenwerken zorgt voor succes

We weten niet zeker of *T. rex* alleen leefde of in familieverband. Was Trix gesteld op privacy of was ze sociaal? Harde bewijzen voor een groepsleven, zoals skeletten van meerdere dieren bij elkaar, zijn nog niet gevonden. Voetsporen zouden hierover ook meer kunnen vertellen, maar helaas zijn die van *T. rex* nog nauwelijks gevonden. Toch is uit de bouw van het skelet wel het een en ander op te maken.

T. rex moet honderd procent vleeseter zijn geweest. Ze is ook warmbloedig geweest. Dat betekent dat ze haar eten snel verteerde en al gauw weer behoefte had aan een nieuwe prooi. Veel warmbloedige jagers van tegenwoordig, zoals leeuwen, hyena's en wolven, jagen samen in groepen. Door samen te werken hebben ze meer succes bij de jacht en komen ze het snelst weer aan eten. *T. rex*, die ook jaagde op prooidieren die in kudden leefden, bediende zich misschien wel van dezelfde jachttechniek.

Dit is een van de pootafdrukken van een tyrannosaurus-achtige, zoals die zijn gevonden in Mexico. Er zijn op de wereld maar weinig sporen om op af te gaan. Vandaar dat er wordt gespeurd naar meer aanwijzingen, want wetenschappers willen graag het antwoord op de vraag of *T.rex* in groepen geleefd kan hebben.

Wanda werd intussen langzamer; ze had, al veel eerder, een steekwond opgelopen van een van de hoorns van een triceratops. Ze had een gewond oog, waar pus uit liep, en haar buik was gedeeltelijk doorboord. Die wond heelde nauwelijks, het werd steeds moeilijker om mee te komen. De andere drie merkten het op. Het tempo waarin ze rondtrokken werd hiermee trager. En op een middag ging de gehavende tyrannosaurus liggen. De andere drie wachtten. Enkele uren. Mira probeerde Wanda overeind te duwen. Wanda loeide. Niet lang daarna trokken ze verder. Wanda deed nog een poging om op te staan, maar dat ging niet meer. Hijgend lag ze op haar zij. Een dag later werd ze aangetroffen door een vijftal nanotyrannussen – kleinere, op hun achterpoten lopende roofsaurussen; felle dieren met vervaarlijke tanden. Terwijl ze nog leefde trokken de kwelgeesten stukken huid van haar weerloze rug. Ze had geen kracht meer om zich te verdedigen.

NANOTYRANNUS

Kleine vleesetende tyrannosauriër van ongeveer 5 meter lang. Jaagde waarschijnlijk in troepen, waarmee ze een grotere prooi aankonden. Maar eigenlijk weten we niet eens helemaal zeker of deze soort werkelijk heeft bestaan; sommige onderzoekers denken dat *Nanotyrannus* een jonge *T. rex* was.

De groep bestond nu opnieuw uit drie dieren. En de twee drachtige vrouwen begonnen allebei met het maken van een nest, in een dal waar een rivier doorheen stroomde. Met hun achterpoten groeven ze, op een beschutte plek, op een flinke afstand van elkaar, een ondiepe kuil. Met hun enorme bek schepten ze riet en waterplanten op. Zorgvuldig modelleerden ze de wanden van hun nest.

En op een nacht legde Mira haar ovale eieren. Tweeëntwintig stuks. Twee bij twee kwamen ze naar buiten, ze plaatste ze in een nette cirkel. Omvangrijke eieren; het nest kwam er vol mee te liggen.

De vorm van het ei

Hoewel er nog geen *T. rex*-eieren zijn gevonden, is het honderd procent zeker dat ze uit eieren kropen. Alle reptielen en de met reptielen verwante vogels leggen immers eieren. Belangrijker is dat we van veel andere dinosoorten wel fossiele eieren gevonden hebben, soms nog liggend in het nest. Vermoedelijk leken de eieren van *T. rex* op die van *Oviraptor* – een kleine vleeseter met verenkleed – en waren ze langwerpig gevormd. Eieren van plantenetende dinosauriërs waren ronder en hadden meer weg van een wat leeggelopen voetbal.

Dit is een model van hoe een fossiel ei eruit gezien zou kunnen hebben. Het *T. rex* vrouwtje legde twee eieren tegelijk.

Hierna begon het wachten. Mira ging niet, als een vogel, op haar eieren zitten; daarvoor was ze te groot en te zwaar. Maar ze bleef waken over haar nest, zoveel als mogelijk was. Ieder dier dat de pech had in de buurt te komen werd verjaagd, of, als het niet snel genoeg maakte dat het wegkwam, doodgebeten en naar binnen gewerkt. Maar die 'kleinere happen' – hagedissen, slangen, een enkele leptoceratops, een struthiomimus of een elmisaurus – waren natuurlijk niet genoeg om in leven te blijven; er moest ook nog worden gejaagd. De beide nesten werden van tevoren zorgvuldig afgedekt met dode planten. Opnieuw gingen ze met z'n drieën op zoek in de omgeving.

In de weken voordat de eieren uitkwamen werd het nest van Estelle leeggeroofd door een brachychampsa – een soort krokodil. Het gepantserde dier leefde in het water van de rivier; nu was het afgekomen op de hoop rottende planten. Eén voor één beet hij de eieren kapot en werkte de inhoud naar binnen. Enkele vogelachtige dino's ruimden de resten op. Toen Estelle terugkwam bij haar nest lagen er enkel nog de lege schalen. Grommend, in verwarring, liep ze rond. Maar enkele weken later legde ze opnieuw eieren, ditmaal negen stuks.

Trix was inmiddels groot genoeg geworden; op een nacht brak ze vanbinnen de eierschaal kapot. Het begon met een barst. Trix wurmde en wrong, de barst werd wijder. Een stukje werd weggeduwd. Haar moeder stond over het nest gebogen. Soms keek ze even rond, luisterend en snuivend, of er geen vijanden in de buurt waren. Trix en nog negentien zusjes en broertjes kwamen, kort na elkaar, naar buiten gekropen. Twee eieren kwamen niet uit.
Maar niettemin verschenen er dus twintig miniatuur-tyrannosaurussen. Ze piepten zacht, ze bewogen hun nekjes, ze schudden met hun staarten; ze waren allemaal bijna een meter lang en geheel overdekt – op hun klauwen na – met stugge, pluizige veren.
Ze werden schoongelikt, met een reusachtige tong, door de moeder. Ze keken niet op van haar afschuwelijk stinkende adem.

Trix was al meteen bij haar 'geboorte' een uitzondering; want ze had een scheve staart. Haar staart stond met een lichte knik naar links op haar lichaam, al in het ei was deze vergroeiing ontstaan. Het had een nadeel kunnen zijn – ze moest haar bewegingen aanpassen – ware het niet dat het als een voordeel uitpakte: omdat Trix haar houding telkens moest corrigeren (om haar evenwicht te kunnen bewaren) moest ze net iets meer

LEPTOCERATOPS

Kleine dino met een sterke papegaaiachtige bek waarmee hij planten kon afbijten. Hij liep gewoonlijk op vier poten, al kon hij waarschijnlijk ook wel op zijn achterpoten staan. Lengte 2,5-4 meter.

De veren van de keizer

Van *T. rex* zijn nog geen fossiele veren gevonden. We moeten het tot nu toe vooral doen met botten. Uit China zijn echter fossielen van een familielid bekend: *Yutyrannus*, en die laat al iets van een verenkleed zien. Geen echte veren zoals vogels hebben, maar een soort van donsveren. Als die maar dicht genoeg op elkaar staan krijg je een verenkleed waar je als dino wat mee kunt. Vliegen waarschijnlijk niet, maar de veren kunnen wel helpen om het lichaam warm te houden. Vooral jonge T. rexjes zullen baat gehad hebben bij de beschermende werking van veren. Hun kleine lichaam koelde immers snel af, in tegenstelling tot het grote lichaam van hun volgroeide soortgenoten. Misschien verloren de dieren een deel van hun verenkleed naarmate ze volwassen werden. Maar evengoed kan ook een volwassen *T. rex* rijkelijk bevederd zijn geweest. We weten het gewoon niet. Op veel moderne reconstructies zie je vooral veren op de kop. Die zijn vaak felgekleurd. Want één ding is zeker: als *T. rex* veren heeft gehad, heeft hij ze vooral gebruikt om op te vallen. Niet voor niets benutten vogels hun veren (behalve om te vliegen) om te pronken, te verleiden, of gewoon om te laten zien wie wie is.

ELMISAURUS

Gevederde warmbloedige tweevoetige dinosauriër. Er zijn geen complete skeletten bekend, maar uit wat er is gevonden schat men dat hij ongeveer 2 meter lang kon worden.

vragen van haar spieren dan haar zusjes en broertjes. Het zorgde ervoor dat ze harder haar best moest doen bij het verkrijgen van ruimte en bij het vechten om voedsel, het maakte haar krachtiger en feller.
De volgende ochtend kregen ze hun eerste maaltijd. Niet ver van het nest lagen de resten van een edmontosaurus. Er waren al meerdere stukken vanaf gescheurd – hij was twee dagen eerder gevangen – maar er zat nog vlees aan. Mira trok enkele laatste taaie, licht rottende repen uit de borst en stapte ermee naar het nest. Deze brokken legde ze tussen de jongen neer. Onmiddellijk begonnen ze te sjorren en te bijten. Ze duwden elkaar piepend weg, ze drongen en wrongen, ze dreigden met sissende open bekken. Was je, als tyrannosaurusbaby, niet brutaal en agressief genoeg, dan kreeg je niets te eten. Trix was agressief. Ze beet en snauwde om zich heen. Ze veroverde enkele stukken.

Al op die eerste dag klommen de jongen uit het nest. Ze keken om zich heen naar de wereld. Die wereld gonsde en ruiste en ritselde, en bestond verder uit de geuren van planten en van modder en van rottend vlees. De jongen vochten om enkele oude botten. Het mocht dan nog een spel zijn; eigenlijk was het ernst. Want al gauw werd er duidelijk wie de winnaars en de verliezers waren.

De schuchtere verliezers zou het slecht vergaan; ze zouden in de komende dagen niets te eten krijgen en al spoedig zouden ze zich nauwelijks meer kunnen bewegen. En uitgehongerd zouden ze daarna sterven. Van de twintig jongen zouden er op die manier zeven overblijven: vijf meisjes en twee jongens. De jongen die stierven werden opgegeten door de anderen.

Van tijd tot tijd verscheen een van de volwassenen, want ook George en Estelle werkten mee met het voederen van de jongen. Heel hoog en groot doemde dan zo'n volwassen beest op, als een wandelende berg. De overgebleven jongen renden piepend rond, oppassend om niet verpletterd te worden onder een van de kolossale tenen. Ze waren, nog afgezien van hun veren, anders dan de volwassenen; hun koppen waren spitser en gladder, ze hadden veel meer scherpe, lange tanden in hun bek, hun achterpoten waren hoog en soepel, wat ze snel en wendbaar maakte. En dan werden er enkele stukken neergelegd en hoog krijsend stortten de kleine saurussen zich op de brokken. Pezen werden woest gescheurd, vlees werd nijdig schuddend van het bot getrokken, alles wat verteerbaar was werd naar binnen geschrokt. Nee, jonge tyrannosaurussen waren niet vriendelijk of hoffelijk.

BRACHYCHAMPSA

Een krokodilachtig vleesetend reptiel. Hij had een lange bek met korte scherpe tanden, en een grotere bijtkracht dan onze tegenwoordige krokodil.

STRUTHIOMIMUS

Een snelle, warmbloedige tweevoetige dinosauriër met wat veren, die leek op een struisvogel. Hij had een korte tandeloze kop, lange nek, lange staart en langgerekte voor- en achterpoten. Met de voorpoten kon hij planten naar zijn kop trekken, waarna de scherpe snavel er stukken van afbeet die geheel werden ingeslikt. Lengte 4,3 meter.

Dino-skelet uit 1905

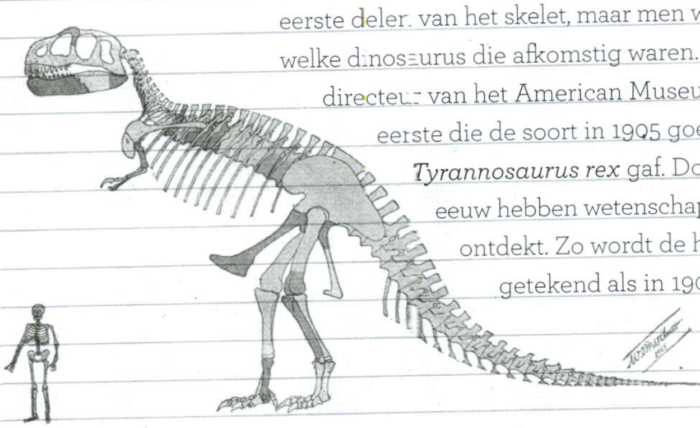

Dino-skelet uit 1905 door William Diller Matthew met daarnaast de mens

Het eerste fossiel van *Tyrannosaurus* – een tand – werd waarschijnlijk ontdekt in 1874 in Colorado (VS). In 1892 vond men de eerste delen van het skelet, maar men was het er nog niet over eens van welke dinosaurus die afkomstig waren. Henry Fairfield Osborn, de directeur van het American Museum of Natural History was de eerste die de soort in 1905 goed beschreef en de naam *Tyrannosaurus rex* gaf. Door meer vondsten in de 20e en 21e eeuw hebben wetenschappers steeds meer over *T. rex* ontdekt. Zo wordt de houding nu niet meer zo rechtop getekend als in 1905, maar worden kop en staart meer in een horizontale lijn afgebeeld, omdat ze elkaar in balans houden.

De tafelmanieren van T. rex

Echt kauwen kon onze *T. rex* niet. Haar tanden waren daar niet geschikt voor. Vlees hoef je ook niet suf te malen. Met rauw vlees wist een dinomaag ook wel raad. *T. rex* rukte daarom gewoon met grof geweld een grote homp vlees van de prooi. Misschien schudde ze haar kop tegelijkertijd krachtig heen en weer waardoor het gemakkelijker losliet. *T. rex* heeft niet voor niets zulke sterke nekspieren! Een krokodil doet het net zo. Vervolgens gooide *T. rex* haar kop in de nek, net als een ooievaar die een kikker heeft gevangen. De zwaartekracht hielp een handje en de brokken verdwenen in één slok in de keel.

Kleine prooien werden zo in hun geheel verslonden. Ontsnappen was niet mogelijk, want de tanden wezen als weerhaken naar achteren. Een prooi kon maar één kant op: naar binnen! Soms kreeg *T. rex* een prooi te pakken die net een maatje te groot was. Maar ook dat was geen probleem. De kaak- en schedelbotten waren namelijk niet met elkaar vergroeid; ze konden ten opzichte van elkaar bewegen. De kop was dus een beetje elastisch. Zoals een slang een veel te grote prooi op kan eten door zijn kop eromheen te wurmen, zo kon *T. rex* een prooi naar binnen werken die groter was dan haar eigen kop. En zo at een *T. rex* soms veel, en soms minder; maar gemiddeld wel 70 kilo vlees per dag!

Na de maaltijd gingen de jongen liggen slapen, in de schaduw van een struik. Soms lag Mira in de buurt, voorover, wakend over haar rustende jongen. Het was tijdens een van deze dutjes dat Trix haar eerste prooi ving. Iets had haar gewekt. Ze sloeg haar ogen op. Vlak bij haar kop, op een varen, zat een libel; een groot, langwerpig insect met vier vleugels. De libel had net een steekvlieg gevangen, die zat hij op te eten.
Trix kwam uiterst langzaam overeind. Onhoorbaar en traag bewoog ze zich in de richting van het etende insect. En plotseling, flitsend, hapte ze toe, en had het achterlijf te pakken. De libel fladderde en wrong. Hij werd in tweeën gebeten en naar binnen geschrokt. Waarna Trix weer ging liggen soezen.

Ook het nieuwe legsel van Estelle ging verloren. Het werd ditmaal geplunderd door een drietal didelphodons – zoogdieren van ongeveer een meter lang. De didelphodons vraten zeven eieren leeg, of halfleeg, maar werden gestoord door de terugkomst van Estelle. Razend joeg ze de kleine belagers weg. Maar het was te laat; ook de overige eieren waren kapotgebeten. Hierna legde Estelle geen nieuwe eieren meer.

DIDELPHODON

Dit uitgestorven buideldier was een van de grootste zoogdieren uit het Laat-Krijt. Hij was omnivoor, at planten en eieren maar kon met zijn sterke kaken en kiezen ook goed schaaldieren kraken. Hij at ook kleine gewervelde dieren en zelfs jonge ankylosauriërs. Hij kon een meter lang worden. Mogelijk rustte hij in gegraven holen in de rivieroever.

QUETZALCOATLUS

Het grootste vliegende dier uit de wereldgeschiedenis. Dit warmbloedige reptiel kon een vleugelspanwijdte bereiken van 10 meter, kon snel opstijgen en goed zweven. Hij at waarschijnlijk vis en vlees.

In de drie jaar die hierop volgden zou er voor Trix weinig veranderen. Met dit verschil dat er nog drie van haar zusjes en een van haar broertjes verdwenen. De dagdelen zonder de volwassenen waren het gevaarlijkst. Instinctief hielden de jongen zich dan rustig, op verborgen, schaduwrijke plekken. Maar toch niet altijd verborgen genoeg.

Een zusje werd op een middag gegrepen door een quetzalcoatlus. Als een donderwolk kwam dit reusachtige wezen, met vleugels die allebei zo'n vierenhalve meter lang waren, uit de lucht vallen, vlak in Trix' buurt. Zijn lange hals torende hoog boven haar uit. Hij wierp zich boven op haar zusje, dat op dat ogenblik, onvoorzichtig genoeg, achter een slang aanliep.

Het gigantische vliegende reptiel, steunend op de leerachtige, ingeklapte vleugels, greep haar met zijn maraboe-achtige bek bij de kop, gooide haar omhoog en slokte haar haastig naar binnen. Vervolgens zette hij zich af en vloog weer op.

Er verschenen meerdere vijanden, telkens als de volwassen dieren weg waren. Op een middag liepen er enkele acheroraptors, jachtig zoekend over de oever. Een van die bevederde, op zijn achterpoten lopende rovers stapte vlak langs Trix, zonder dat hij haar opmerkte. Ze maakte zich klein, ze drukte zich diep weg tussen de varens. De acheroraptors roken dat er hier enkele jongen moesten zijn, maar ze konden hen niet vinden.

Enkele malen verscheen een onbekende tyrannosaurus; één keer kwam het zelfs tot een gevecht met Mira. Die wist hem te verjagen. Ook een dromaeosaurus – weer een met veren overdekt roofreptiel – dook twee dagen achtereen op. Beide keren vond hij niets; op die tweede dag werd hij opgeschrikt door een brachychampsa.

DROMAEOSAURUS

Een vleeseter die op zijn achterpoten liep, hij had veren. Zijn schedel was heel stevig gebouwd en met zijn lange tanden kon hij krachtig bijten. Hij joeg waarschijnlijk op vrij grote prooidieren. Die kon hij doden met een sikkelklauw die hij opgetrokken aan zijn voet droeg. Lengte 2 meter.

Een van Trix' broers werd ziek en kon zich op een middag niet meer bewegen. Twee zusjes vraten hem op, en werden ook ziek. Zij sleepten zich, voordat ze stierven, naar plekken waar ze niet meer werden teruggevonden; behalve door de insecten.

Na drie jaar verdwenen George en Estelle. Mira zwierf nog enkele maanden rond bij het nest aan de rivier. In die maanden zorgde ze tot zeven keer toe voor eten; waarbij Trix haar honger verder wist te stillen met de jacht op kleine prooien. Ten slotte keerde haar moeder niet meer terug.

Trix had nog een broer en een zus over. We noemen hen Robert en Kate. Hun verenkleed begon hier en daar te slijten. Omdat de volwassenen nu voorgoed schenen te zijn vertrokken, zocht het drietal steeds vaker steun bij elkaar. Ook al waren ze dan jagers, de wereld was bedreigend, soms doken er kolossale dieren op, schuifelend en snuivend; het had voordelen om dan met z'n drieën te zijn.

Het zoeken naar voedsel gebeurde nu samen.
Als het iets kleins was – een zoogdier of hagedis of salamander – werd dit snel door de vinder naar binnen gewerkt. Maar ze begonnen door te krijgen dat ze ook met z'n drieën konden jagen. Zo lukte het Robert en Kate om, op een middag, een leptoceratops op te drijven, in de richting van Trix. Schommelend, onhandig bijna, kwam de anderhalve meter lange dinosaurus overeind, en op zijn achterpoten holde de leptoceratops door de struiken. Ineens schoot Trix naar voren, boorde haar tanden in de staart, en wist daar een grote wond aan te brengen. De leptoceratops krijste, schudde de kleinere aanvaller van zich af, en rende verder. Het drietal volgde; hun neus vertelde hun waar de bloedende prooi heen was gegaan.
Een halve dag later zagen ze hem weer lopen, over een vlakte van zand en rotsen en stekelige planten. Het drietal was niet gewend zich buiten de beschutting van de bomen en de varens te begeven, wantrouwend keken ze om zich heen. Maar hun jachtinstinct dreef hen verder.

Grote dames!

In bijna elke groep dieren zie je verschil tussen het mannetje en het vrouwtje. Het kan gaan om grootte, om vorm, om kleur. We noemen dit seksueel dimorfisme. Bij vogels draait het vooral om kleur, bij zoogdieren om een iets groter lichaam en om langere slagtanden, een gewei of iets anders op de kop. Hij is meestal groter dan Zij.
Maar dit gaat niet altijd op. Veel vissen, schildpadden, slangen en enkele groepen zoogdieren (baleinwalvissen en hyena's) kennen een verdeling waarbij de dame juist groter is dan de heer.
Dit lijkt ook bij *T. rex* het geval te zijn geweest. Dat het vrouwtje wat groter en robuuster was dan het mannetje is ook bij het door Naturalis opgegraven skelet te zien. Het is een enorm exemplaar: een Zij dus. Ze heeft ook een wat breder bekken, waarschijnlijk om gemakkelijker eieren te kunnen leggen.

Het ging intussen regenen, wat het lastiger maakte om de geuren op te snuiven. En na enige tijd waren ze de leptoceratops kwijt. Hij moest ergens in de buurt zijn, maar hij was onvindbaar. Ze hadden inmiddels een razende honger; al enkele dagen lang hadden ze niets gegeten. Ze keerden om en trokken zich terug naar het lager gelegen, dichter begroeide gedeelte waar de rivier zich traag voortkronkelde. Ze hadden geluk; want hier ontdekten ze, weer afgaand op hun reuk, het rottende karkas van een kleine triceratops die, enkele dagen eerder, door een volwassen tyrannosaurus was gedood. Hiervan konden ze enkele haastige happen naar binnen schrokken. Totdat de eigenaar opdook. Daar, in de verte, kwam een grote tyrannosaurus aanlopen. Het drietal maakte dat het wegkwam, ze verstopten zich onder enkele struiken. Van daaruit hoorden ze hoe hun moeder het lijk verder uiteentrok. Ze herkenden haar niet...

Toen ze vijf jaar oud waren begonnen de leden van het groepje sneller te groeien. Ze hadden zich, dikwijls met moeite, in leven kunnen houden. Ze hadden natte seizoenen meegemaakt, weken dat het aan één stuk door kon regenen, dat de grond onder hun poten zacht en modderig werd en de bossen rondom hen zo dicht en welig waren dat ze alleen door geluid te maken contact met elkaar konden houden. Ze meden instinctief de moerassen, maar waren toch door rivieren gewaad, constant op hun hoede voor de krokodillen. Ze waren gehaaid geworden, verdacht op ieder geluid dat van een vijand of een prooi kon zijn. Ze hadden, alweer door hun instinct, geleerd hoe ze een prooi moesten besluipen, hoe ze die moesten opjagen en moesten bijten, op een manier die het ergst verwondde.

Robert was een klauw van een van zijn voorpootjes kwijtgeraakt tijdens een van hun onderlinge gevechten om een buit. Kate had een tijdlang gehinkt door een wond (van een acheroraptor) aan haar linkerdijbeen; maar het was weer geheeld. En Trix had inmiddels vijf tanden verloren, die waren afgebroken toen ze een tegenstribbelend slachtoffer besprong, maar die tanden waren weer aangegroeid.

En nu hadden ze honger, erger dan ooit. Hun rustpauzes werden korter. Ze merkten het niet, maar ze werden groter. Hun kaken werden krachtiger en stomper, en ze konden langer en harder lopen. Het pluizige verenkleed van hun jeugd begon langzaamaan uit te vallen; zo nu en dan had een van hen jeuk, ze schraapten hun buik of hun staart tegen de schors van bomen, de kale huid kwam eronder tevoorschijn.

ACHERORAPTOR

Een vleesetende tweevoetige dinosauriër.
Verwant aan de Aziatische *Velociraptor*.
Lengte 3 meter.

Een gebit met kartels

Je zou de tanden van *T. rex* eens moeten voelen, dan merk je dat ze niet glad zijn. Ze hebben twee scherpe snijranden die opgebouwd zijn uit kartels. Elk karteltje is een minitandje dat meehelpt bij het snijden. Zo ga je door huid en pezen als een warm mes door boter. Dankzij de kartels scheurde *T. rex* met groot gemak enorme hompen vlees van een prooi. Minstens zo belangrijk: dankzij de kartels werden de tanden niet gauw bot. Anders dan je zou verwachten, is de punt van de tand niet zo heel scherp, een beetje stomp als een sloopbeitel. Maar *T. rex* had zo'n grote bijtkracht dat hij ook met stompe punten door alles heen kwam.

Opnieuw hadden ze geluk; ze troffen het nog niet zo lang geleden uitgekomen nest aan van een edmontosaurus. Struinend over een dichtbegroeide helling hoorden ze het gepiep van de jongen en de, wat nasale, geluiden van de ouders. Ze moesten oppassen; de ouders waren zo'n twaalf meter lang; massieve dieren met snavelachtige bekken. Misschien roken ze het gevaar in de buurt, want het grote mannetje maakte ineens een blazend, loeiend geluid. De jongen dromden samen onder de buik van de ouders. Behalve één. Een jong – op vier poten lopend, nog geen meter lang – was afgedwaald van de groep. Het scharrelde nu onder aan de helling tussen de palmvarens. Het drietal reageerde onmiddellijk; ze holden er met een snelle spurt naartoe. Robert en Trix doken bijna tegelijkertijd boven op het jong. Het jong piepte nog een keer luid, daarna werd het gedood door een beet in de hals. Ook Kate was inmiddels vlakbij. Maar net wilden ze de verse prooi uiteenscheuren of vlak voor hen dook de enorme kop op van de vader. Het beest schreeuwde, het ging op de achterpoten staan; zijn schaduw viel over de plek van de slachtpartij. Het drietal trok zich haastig terug tussen de varens. Pas anderhalf uur later slofte het mannetje weg. Daarna konden ze het jong aan stukken trekken.

In de jaren die hierop volgden zou de honger overheersen. De honger was aanweziger, dwingender dan ooit. Het drietal besteedde het grootste gedeelte van de dag aan het zoeken naar voedsel; ze aten eieren, ze aten kleine zoogdieren, ze vraten vissen uit een poel die veranderd was in modder, ze schrokten de pas uitgekomen jongen van een ankylosaurus naar binnen. Ze hadden vlees nodig, zo veel mogelijk vlees; enkele malen volgden ze, uiterst omzichtig, de jachtpartijen van enkele volwassen soortgenoten. En werd er een half opgevreten karkas – van een triceratops of van een edmontosaurus – achtergelaten, dan vielen ze hierop aan, rukten ze stukken bot, pezen, organen en stukken huid van het kadaver, alles wat maar verteerbaar was. Ze groeiden; ze werden haast zichtbaar breder, langer, steviger, hun spieren werden krachtiger, hun botten zwaarder. Ze hadden minder te vrezen van de rondtrekkende troepen acheroraptors.

ANKYLOSAURUS

Een grote plantenetende dinosaurus met snavelachtige bek. Zijn kop, romp en staart waren bezet met kleinere en grotere platte beenplaten die hem beschermden tegen de beten van *Tyrannosaurus rex*. Hij kon zich ook goed verdedigen met de zware beenknots aan het eind van zijn staart, een klap daarvan kon dodelijk zijn. Lengte 6-9 meter.

De slonzige koningin

Meestal zie je *T. rex* zo: schoongewassen en met netjes gepoetste tanden in een wijd geopende muil. Maar paleontoloog Anne Schulp van Naturalis denkt er wat anders over. Volgens hem zag de doorsnee *T. rex* er een stuk slonziger uit. Natuurlijk had de koningin van de dino's een grote mond, maar ze hield hem de meeste tijd dicht. Alleen bij het eten ging de bek wagenwijd open en kreeg het slachtoffer volledig zicht op de dodelijke tanden. Nee, het uiterlijk van *T. rex* loog er niet om! Alles aan haar was gemaakt om de strijd aan te gaan met grote lappen vlees. Je kunt je wel voorstellen wat een smeerboel haar schranspartijen gaven. Overal bloedspetters op de mooie huid en druipende tanden. Vleesrestjes die waren blijven steken tussen de kartels op de tanden gingen al snel rotten. Soms raakte ze ook zelf geïnfecteerd door bacteriën die ze met haar eten binnenkreeg. Het is maar goed dat *T. rex* haar bek zo weinig opendeed. Want je zou steil achteroverslaan van haar adem.

Toen hij ongeveer dertien jaar oud was paarde Robert met Kate. Ze hadden, tijdens een heftige regen met onweer, staan dansen, Robert had de schrapende bewegingen met zijn achterpoten gemaakt. Kate had gebruld en gekrijst tijdens het hele gebeuren; ze had er een bijtwond in haar hals aan overgehouden. Diezelfde avond werd Robert meegesleurd door de stroming, terwijl ze een rivier overstaken. Trix was als eerste gegaan, behoedzaam waadde ze door het zuigende water, dat tot haar middel kwam. Kate was gevolgd, ook zij had de andere oever gehaald. Maar toen de wat kleinere Robert aan de beurt was, was hij uitgegleden. Met een plons viel hij opzij. Spetterend en klauwend trachtte hij weer overeind te komen, maar hij kon zich niet meer afzetten tegen de bodem. Hij gilde en spartelde. En zo verdween hij in de kolkende rivier. Trix en Kate hadden toegekeken. Nog een tijdlang bleven ze wachten; daarna vervolgden ze snuivend hun weg.

Trix en Kate waren verder getrokken. Ze werden steeds groter, ze werden reusachtig; de bomen die hen omringden leken kleiner nu, nietiger, de bladeren schraapten dikwijls langs hun koppen, en veel leven om hen heen bewoog zich nu schuin onder hen, wegschietend over de bosgrond.

Toen Trix zestien jaar oud was, was ze enorm.
Ze was zo'n 6,5 meter lang, ze woog zo'n 2500 kilo. Trix en Kate vingen nu dikwijls jonge triceratopsen. Ze begonnen steeds meer een voorkeur te krijgen voor het vlees van deze dieren. *Triceratops* zou ons hebben doen denken aan een neushoorn; hetzelfde, tamelijk logge, robuuste lijf, dezelfde poten, een korte hoorn op de neus; maar een lange staart en een kop met een grote, opstaande beenplaat aan de achterkant en, niet te vergeten, twee spitse, priemende, vooruitstekende hoorns.
Een bijzonder smakelijk beest in de ogen van Trix en Kate! En toen ze dan op een middag een kleine kudde aantroffen in een dal, was opnieuw de jacht geopend.

Ze beslopen de dieren, die daar aan het grazen waren.
Vijf stuks: een groot mannetje, twee kleinere vrouwtjes en twee jongen. Trix ging, beschut door de begroeiing, met een grote boog om hen heen. Maar het waakzame mannetje moest toch iets van hun aanwezigheid hebben opgemerkt. Hij snoof, hij werd onrustig.
Op dat ogenblik dook Kate achter hen op. Grommend stapte ze in hun richting. De mannelijke triceratops, een stuk zwaarder dan Kate, ging in de aanval. Kate trok zich terug tussen de struiken. Dit was het moment dat Trix, van een andere kant, tevoorschijn kwam. Ze stormde af op een van de jonge dieren. Maar de twee moeders waren er ook nog. Een van hen viel aan; en Trix werd in haar kop getroffen door een van de lange hoorns.
De hoorn boorde zich naar binnen in de linkerpunt van haar snuit; er kraakte iets. Trix krijste, de triceratops trok zich weer enkele meters terug. Trix draaide zich om en holde weg.

Hoorns tegen tanden

Triceratops was geen kant-en-klaarmaaltijd. Groot en zwaar, met een kop voorzien van drie hoorns, een benig nekschild en een scherpe bek als die van een papegaai wierp ze zich in de strijd. Als het even kon, viel *T. rex* aan met een gemene beet in de rug, achterpoot of staart. Als het lukte om door een wervel heen te bijten raakte het slachtoffer verlamd.
Natuurlijk probeerde *Triceratops* de belager af te weren met haar scherpe hoorns. De buikzijde van *T. rex* was een zwakke plek. Als het *Triceratops* lukte daarin te steken, moest *T. rex* afdruipen, misschien wel bloedend. Maar *T. rex* had onder aan haar buik een beschermend vest zitten, gemaakt van buikribben. Het waren geen echte ribben maar een soort verbeningen van de huid. Echt bot of niet, ze werkten erg goed als 'kogelwerend vest' tegen scherpe hoornprikken.

T. REX VAN BUITEN NAAR BINNEN

Aan haar kleine armpjes heeft *T. rex* scherpe klauwen.

Alles gaat maar door één opening: poep, plas, eieren, zelfs zaad.

Haar sterke 'stierennek' gebruikt *T. rex* bij het oppakken en doodschudden van kleine prooien.

Botten bijt *T. rex* makkelijk stuk.

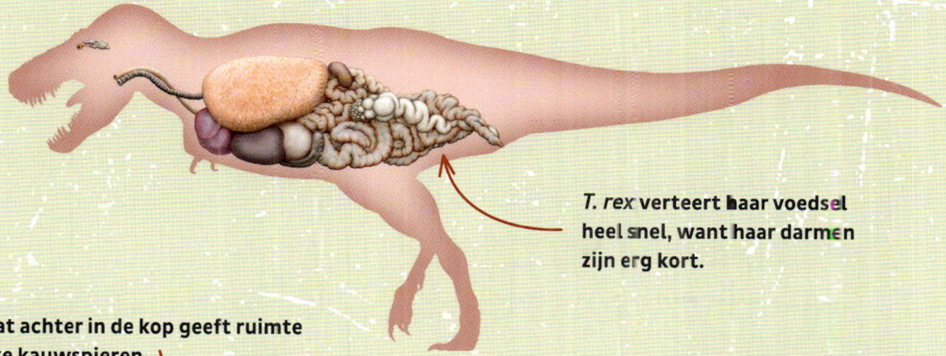

T. rex verteert haar voedsel heel snel, want haar darmen zijn erg kort.

Het grote gat achter in de kop geeft ruimte voor de dikke kauwspieren.

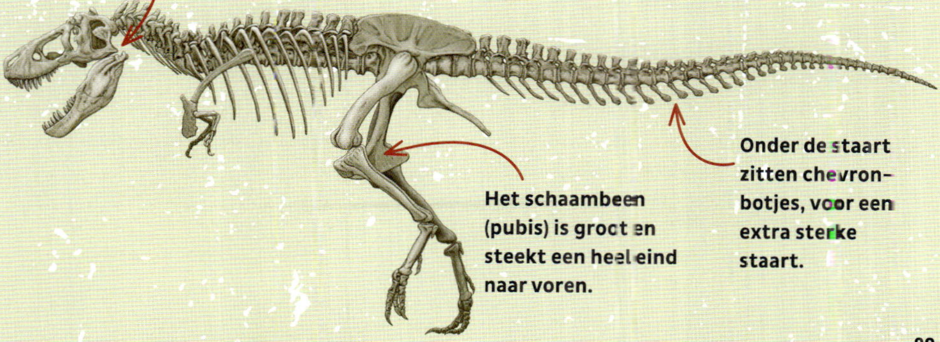

Het schaambeen (pubis) is groot en steekt een heel eind naar voren.

Onder de staart zitten chevron-botjes, voor een extra sterke staart.

De koningin van
het Laat-Krijt.

De overval was mislukt. En Trix had een diepe, bloedende wond in haar snuit; bovendien was een gedeelte van het bot verbrijzeld. In de weken hierna hield ze zich in leven met kadavers en met enkele kleine prooien. Soms schudde ze met haar kop; wat niets oploste, de pijn bleef. De wond raakte geïnfecteerd, er liep op den duur geen bloed meer uit; maar wel pus.

Van deze opgelopen verwonding zou ze haar hele verdere leven last blijven houden. Soms leek de huid geheeld; maar het bleef een zwakke plek. Na een aanval, na een gevecht, kon de wond weer open zijn.

Niettemin groeide ze door. De aanvallen die ze samen ondernamen werden succesvoller. En toen Trix en Kate allebei zo'n achttien jaar oud waren – bijna 10 meter lang en ongeveer 3500 kilo zwaar – sloten twee jonge mannen zich bij hen aan. Hiermee – de twee dames paarden met beide mannen – kregen zowel Kate als Trix hun eerste nest. Beide nesten werden leeggeroofd; ze legden nieuwe eieren. En alleen in het nest van Kate kwamen er veertien eieren uit. Van deze veertien jongen overleefde er één.

Trix-met-de-scheve-staart zou oud worden – voor tyrannosaurussen zelfs heel erg oud. De gemiddelde levensduur voor *Tyrannosaurus* bedroeg zo'n 24 jaar – maar Trix zou het, ondanks haar blijvende verwonding, zo'n 34 jaar volhouden.
Ergens tijdens haar twintigste levensjaar werd Kate ziek, ze kreeg een botinfectie waaraan ze langzaam zou sterven. Trix en de twee mannen konden zich aansluiten bij een tweetal andere vrouwen, zo vormden ze een nieuwe kudde. Trix zou zorgen voor een vijftal nesten.

Haar leven was hard. Het was een bestaan van rondtrekken, van geuren volgen, van rennen, van bijten, van vechten, van slapen en van paren. Ze zou worden gebeten door een tyrannosaurusman, in haar hals, zijn tanden zouden diep doordringen in de achterkant van haar kaak; toch zou ze vervolgens met deze man paren. En op een noodlottige dag zou ze door de hoorns van een grote triceratops van een berghelling worden geduwd; ze zou van een rand vallen, meerdere meters omlaag, en met een smak neerkomen op een uitstekend stuk rots; waarna ze vier ribben had gebroken. Maar Trix moet uitzonderlijk taai en krachtig zijn geweest; want ook dit wist ze te overleven.

T. rex at van T. rex

Onderzoekers vonden botten van T. rex met tandafdrukken van een andere Tyrannosaurus. Een T. rex die een T. rex eet? Dat is kannibalisme! In sommige botten vond men stukken afgebroken tand. De paleontologen denken niet dat T. rexen elkaar echt bejaagden. De tandafdrukken werden namelijk vooral gevonden in de voet, en dat is een lastige plek om naar te happen. In een gevecht zou *T. rex* hele rare toeren uitgehaald moeten hebben om de voet van een tegenstander te bereiken. Waarschijnlijk is er dan ook geen sprake van echt kannibalisme maar eerder van aas eten. De dieren zouden elkaars karkassen hebben opgegeten. Een dode T. rex was natuurlijk ook een fikse hoop voedsel. Een hongerige T. rex zou het vers-geurende lijk van een soortgenoot beslist niet hebben laten liggen.

T. rex bleef groeien

Wetenschapper Jack Horner van het Museum of the Rockies (Montana, VS) bestudeerde de fossiele botten van volwassen dino's, waaronder ook zes exemplaren van *T. rex*. Hij ontdekte iets onverwachts: cellen die belangrijk zijn voor de aanmaak van bot en de kanalen waar bloedvaten doorheen hadden gelopen; en dit waren kenmerken van groei!
Heel opmerkelijk, aangezien groeikanalen vandaag de dag alleen in de botten van jonge dieren voorkomen. Bij *T. rex* bleven die kanalen haar leven lang actief. Horner maakt daaruit op dat *T. rex* tot op hoge leeftijd bleef doorgroeien. Elk jaar groeide het lijf een stukje groter en robuuster. De grootste skeletten die gevonden worden zijn dan ook van bejaarde dieren. Eigenlijk hadden oude *T. rexen* een soort 'eeuwige jeugd'. Wij wisselen maar één keer in ons leven ons gebit, maar bij *T. rex* ging dat levenslang door.

Vierendertig regenseizoenen zou ze meemaken. Ze zou meer dan 4000 kilo zwaar worden en, net als haar moeder, ongeveer 13 meter lang.
Enkele weken voor haar dood zou ze het kadaver van een ankylosaurus vinden; en kort hierna, aangelokt door de geur, zou een ander vrouwtje, bijna net zo groot, ditzelfde kadaver ontdekken. Trix – hongerig en bejaard – vocht grommend en bijtend met het andere vrouwtje; dat ze wist te verjagen. Maar hierbij liep ze een stel diepe krassen op, de tanden van haar tegenstander drukten zich in haar snuit. Deze nieuwe wonden begonnen te ontsteken, en dit betekende haar einde. Trix sleepte zich naar een dal, om te drinken. En hier, aan de oever van een rivier, voelde ze dat ze niet meer verder kon. Hijgend lag ze enkele dagen in de modder, die haar enigszins afkoelde.
En op een ochtend, in het eerste licht van de nieuwe dag, stierf ze, alleen. Haar lichaam lag enkele dagen roerloos langs de stroom. De nieuwe regentijd was intussen begonnen, het water viel in woeste vlagen omlaag. Een nanotyrannus ontdekte het opgezwollen kadaver.
Hij wist, rukkend, de rechterachterpoot weg te trekken, hij vrat een stuk uit de hals (waarbij een van zijn tanden afbrak, en achterbleef). Hierna steeg het water, de rottende overblijfselen van Trix werden overspoeld, langzaam begon ze te drijven. En ten slotte brak er ergens een natuurlijke dam, er spoelde een razende vloedgolf door het dal, met modder, met plantenresten die haar bedolven. Dit werd het graf waarin Trix miljoenen jaren zou blijven liggen.

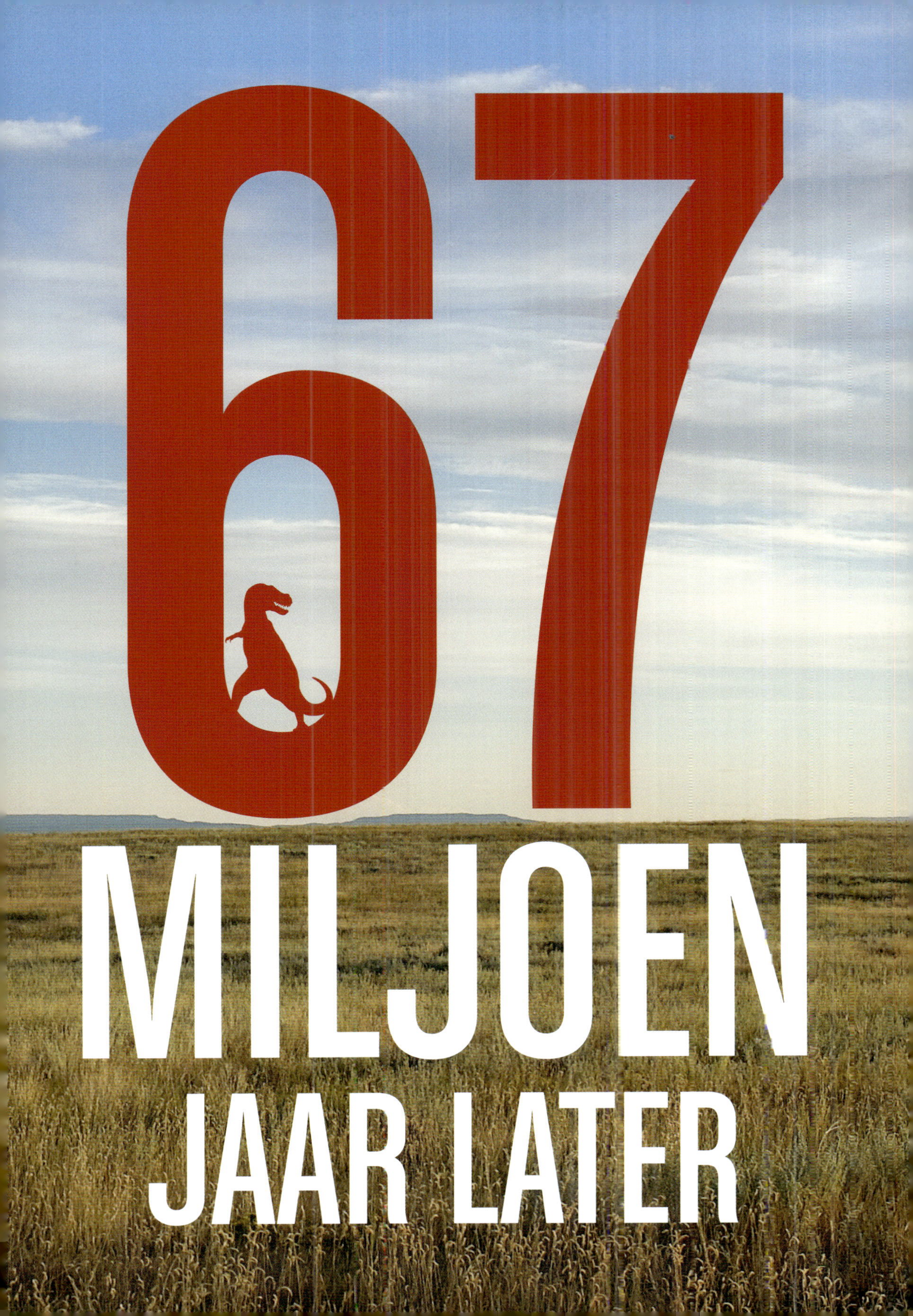
67
MILJOEN
JAAR LATER

HET LAND

WAAR IS HET BOS GEBLEVEN...?

WAAR ZIJN DE REUZEN DIE ERDOORHEEN LIEPEN...?

HET LEVEN IS ZOVEEL KLEINER GEWORDEN...

Het is hetzelfde land. Het land waar Trix rondliep. Maar alles is veranderd. De bomen zijn grotendeels verdwenen. Er is gras voor in de plaats gekomen. Er zijn rotsen; nieuwe rotsen, versteende stukken zand en modder. Hier en daar steken ze uit de grond. Golvend land, een land van lage heuvels en ondiepe dalen. Zoveel droger dan toen; soms een stroompje. De grote rivieren en de meren zijn er niet meer. En de lucht is koeler...

En de dieren? Er zijn nog steeds vogels; maar ook die zijn anders, ze hebben tandeloze snavels gekregen. Troepjes gorzen dwarrelen over de vlakten. Stekelstaarthoenders en fazanten lopen er rond. Een enkele keer vliegt een vlucht kraanvogels over, of een troep ganzen, op de trek. Er leven hier kleine uilen en er cirkelen buizerds, op zoek naar muizen of konijnen. En er lopen groepjes herten, er scharrelen coyotes en er schuiven ratelslangen door hun holen...

En ja, vooral: de mens. Ze lopen niet overal rond, maar hun sporen zijn vaak zichtbaar. Wegen, paden – geasfalteerd of uitgesleten. En op maat gehakte palen, met metaaldraad. En huizen, natuurlijk; er zijn dorpen, er zijn parkeerplaatsen, er zijn tennisbanen, vuilnisbelten, golfterreinen, er staan de kubussen van bedrijven… Soms hoor je een vliegtuig overkomen…

Wij zijn hier de nieuwe heersers.

ALLES WERD DONKER

De reuzen zijn gevallen. Er is, ongeveer een miljoen jaar na de dood van Trix, een meteoriet neergekomen op de wereld, aan de rand van Mexico. Een steen van tien kilometer in doorsnee suisde uit de ruimte neer, en botste op de aarde – een reusachtige, gewelddadige inslag, die het oppervlak verpulverde, die de grond deed scheuren en schudden! Rotsen – door de intense hitte veranderd in glasachtige projectielen – werden vele kilometers omhoog geslingerd, om veel verderop weer vlammend omlaag te komen. Er ontstonden bosbranden, en een gigantische wolk van stof steeg op en verspreidde zich via de winden rondom de planeet. Alles werd volkomen donker – de blauwe aarde werd afgeschermd, maandenlang. Misschien wel een jaar lang was de dampkring duister, kil, doortrokken van roet en as en stof...

In die korte tijd verdwenen de dinosaurussen. Wanhopig wroetten ze rond door het volslagen donker, door de kou. Uitgehongerd en verblind stierven ze...
Alleen wie klein was kon het redden. Alleen wie een vacht had, of genoeg veren, kon het in dat beslissende jaar volhouden. Opgerold schuilend in holen, of – in het geval van de koudbloedige dieren (die veel trager kunnen leven) – in een diepe slaap, liggend in de modder. Wachtend op de terugkeer van het licht.

Daarna was alles anders. De grote dino's waren zo goed als verdwenen. Het land was leeg en geteisterd; het oogde vuil, ellendig en verlaten.
Maar sommige vogelachtige reptielen bestonden nog – en de kleine zoogdieren. Die laatsten hadden zich moeten verstoppen, al voor de inslag; ze hadden altijd moeten wegkruipen, zo onopgemerkt mogelijk levend gedurende de nachten, onopvallend, onzichtbaar, om niet opgevreten te worden door de dino's. Nu hadden ze hun kans – ze kwamen tevoorschijn, hun tijd was aangebroken.

De bossen waren grotendeels weggevaagd; maar met de terugkeer van het licht begonnen ze weer op te komen. Niet meer zoals voorheen. Andere soorten bomen konden zich nu ontwikkelen, andere soorten planten, andere soorten struiken – en later ook het gras...

Trix lag begraven, langs wat ooit een rivier was geweest. Het land om haar skelet veranderde. Er kwamen nieuwe reuzen – reuzen met vachten en met veren. Bizons, paarden, neushoorns, onvoorstelbaar grote loopvogels, mastodonten, grote katten. En uiteindelijk verschenen er de eerste mensen...

De zoogdieren hebben het overgenomen. Het is mogelijk dat wij, mensen, bestaan, enkel omdat er een kolossale meteoriet neerstortte op onze planeet. En, kijk, daar zijn we nu. Sterk waren we in het begin niet, in vergelijking tot veel andere beesten; maar we hadden onze hersens. We leerden om rechtop te staan (misschien omdat we boven het hoge gras moesten uitkijken naar eventuele vijanden). We leerden voorwerpen te gebruiken, en te maken; we leerden om vuur te beheersen, en we ontwikkelden een gecompliceerde taal, waarmee we alles wat we ontdekten konden doorgeven.

Kijk, daar gaan we! Als we een afstand willen afleggen nemen we de auto. Willen we nog verder? Een vliegtuig of een trein. Die nieuwe grote dieren zijn inmiddels op de meeste plekken verdwenen. Hier en daar wat bizons, omdat wij dat toestaan. Maar kom, groter moet het toch niet worden! Een hert of beer, ja, dat kan. Maar niet te veel, graag! Zo'n beer kan best gevaarlijk zijn. Zo'n hert, dat mag; herten rennen netjes weg als we in de buurt komen. En ze zijn smakelijk bovendien. Ja, we hebben gewonnen. Voorlopig. Voor nu zijn wij de baas. We hebben wapens om mee te jagen. Kleren om ons warm te houden. Machines die het zware werk verrichten. We hebben alles netjes ingedeeld. Die vogels vinden we wel leuk. Die zingen in de achtertuin. Of ze zijn lekker. Jawel, die mogen best bestaan. Dat zijn de dino's die wij nog kunnen hebben, die hinderen ons niet...

Zou warmbloedigheid je kans op overleven vergroten of verkleinen? Dieren die een winterslaap kunnen houden lijken een voordeel te hebben bij een ramp als een meteorietinslag. Wetenschappers weten niet waarom het ene dier het wel heeft overleefd, en het andere niet. Ze denken na over de redenen hiervoor. Zijn die kleine knaagdieren gewoon in een holletje gekropen? Kunnen kleine dieren langer zonder voedsel dan die grote dino's?

Warmbloedig beest

Onze *T. rex* was honderd procent reptiel. Maar wel een bijzonder geval: in tegenstelling tot de reptielen die nu bestaan was ze namelijk niet koudbloedig, maar warmbloedig. Ze warmde haar lichaam niet op in de zon, maar bracht het zelf van binnenuit op temperatuur door in de spieren voedingsstoffen te verbranden die ze met haar eten binnenkreeg. Warmbloedigheid past ook prima bij het grote lijf. Een koudbloedig dier met zo'n enorm lichaam zou veel te lang nodig hebben om op te warmen met zonnestralen. Om een spiermassa van vier- tot vijfduizend kilo in beweging te krijgen en aan de gang te houden is warmbloedigheid dus een absolute must.

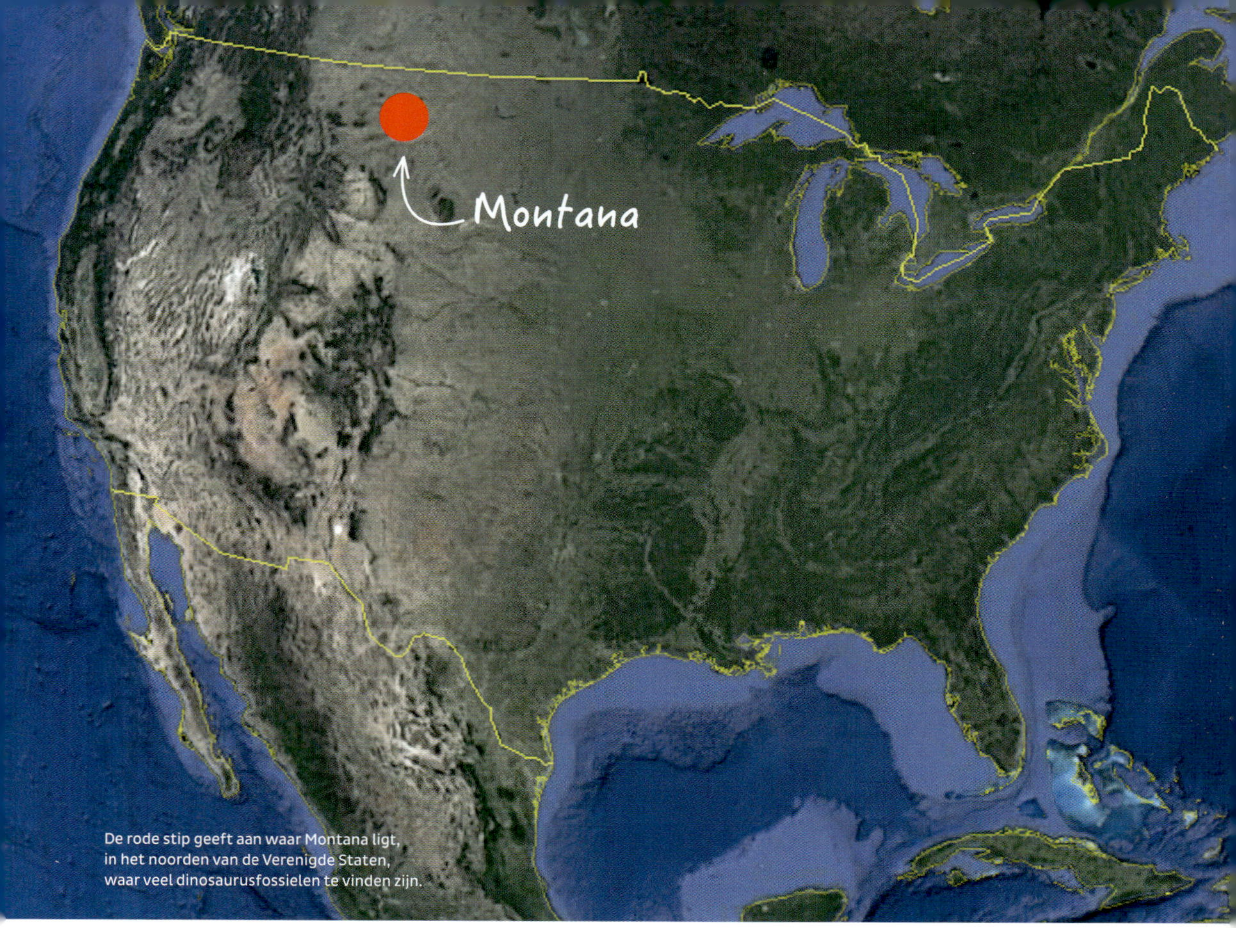

De rode stip geeft aan waar Montana ligt, in het noorden van de Verenigde Staten, waar veel dinosaurusfossielen te vinden zijn.

En de mensen hebben voedsel nodig. Grote dieren zijn dan toch wel handig – een koe, dat is een aardige hoop vlees. Die hebben we getemd, die houden we in de buurt van onze woonplaats.

Daar lopen ze. Loeiend, struinend, grazend. Soms vlak langs de botten van Trix, die in stukken steen waren veranderd; fossielen.

We hebben alles ingedeeld. Er is feitelijk nog maar weinig land op aarde dat niet van iemand is. Wat ooit het naamloze land was waar Trix joeg, werd het land van *iemand*. Het werd benoemd, het moest *bruikbaar* worden. En hier, in wat nu *Montana* heet, werden ranches aangelegd, waar koeien worden gehouden. Zo ook de ranch van het echtpaar Murray.

DE VONDST

Een ranch is een bedrijf. Het is een woonhuis, met een opslagplaats voor veevoer, met omheinde stukken om het vee bijeen te kunnen drijven. En op het uitgestrekte land dat eromheen ligt lopen de koeien of de schapen. En omdat er altijd een hoop werk te doen is, heeft de eigenaar van de ranch mensen in dienst.
In dit geval – de ranch van Lige en Mary Ann Murray – gaat het om twee mensen in het bijzonder: het echtpaar Lunstad, of liever: Blaine en Michele.

Blaine en Michele zijn echte liefhebbers van fossielen. In hun vrije tijd gaan zij er dus op uit, ze rijden dan een stuk over de uitgestrekte, hobbelige prairie die hoort bij de ranch.
Als ze een geschikte plek hebben gevonden parkeren ze de auto, en gaan lopend op onderzoek. Ze houden erg van deze stille, afgelegen excursies in de natuur. Het zijn spannende tochten bovendien – altijd is er de mogelijkheid dat ze iets bijzonders vinden. En dit gebeurde dus, in een gebied dat *East Pasture* wordt genoemd. Michele – van oorsprong Nederlands – beschrijft dit hierna, in haar eigen woorden.

Hoe wordt het skelet van een zo lang geleden gestorven dier gevonden?

Dat kan op allerlei manieren. Soms gebeurt het bij toeval; soms zien wandelaars 'iets' uitsteken boven de grond. Soms wordt er gegraven omdat men op die plek een gebouw wil neerzetten. En soms ook doet men zo'n geweldige, mysterieuze vondst omdat men er werkelijk naar aan het speuren is... Van sommige plekken op de wereld weten we dat er veel fossielen in de grond zitten, zoals in Montana. Daar vindt men al een eeuw lang veel verschillende soorten dino's en er wordt vaak onderzoek gedaan.

'Honey, I found a T. rex!'

Het was mooi weer op de dag van 27 mei 2013, en het begon al te schemeren toen Blaine ineens een stuk van een kaak ontdekte. Het stak een stukje uit de grond, ik was op een heuveltje vlak in zijn buurt. Ik hoorde hem roepen: 'Honey, I found a T. rex!' Blaine ging aan het graven, en het stuk werd maar groter en groter. Het werd toen te donker om meer te doen, en daarom begroef hij het weer, om het te beschermen. Maar een paar losse stukjes namen we mee. Eenmaal thuis hebben we die stukjes schoongemaakt. Daarna hebben we Clayton (Phipps) gebeld, en vervolgens de eigenaar van de ranch. Het was zo geweldig! Blaine had al op oudejaarsavond aangekondigd dat hij dit jaar een *T. rex* zou gaan vinden; blijkbaar voelde hij het aankomen.

Clayton is de volgende dag komen kijken, hij kon het nauwelijks geloven. Blaine en Clayton zijn verder gaan graven, en op een gegeven moment was de schedel echt goed te zien. Ik ben wat verderop gaan graven; ik vond toen een plek waar veel stukken van botjes lagen, en zelfs het heupbeen kwam tevoorschijn.

Aan de zijkant van een heuvel vonden Blaine en Michele de eerste botten, die ze afdekten zodat ze niet konden beschadigen.

Clayton Phipps – de man die ze als eerste belden, na de vondst – woont in de buurt. Hij is de eigenaar van een kleine ranch; maar eigenlijk is hij veel meer geïnteresseerd in dino's dan in koeien.
Clayton woont al zijn hele leven in Montana, en altijd is hij in de droge ravijnen en op de afgevlakte heuvels op zoek geweest; naar pijlpunten (van indianen) en naar botten. Omdat hij dit ooit het liefst op een paard deed, waarbij hij alleen een schep en een gps-unit (waarmee je, met de hulp van een satelliet, precies kunt zien waar je op dat moment bent) bij zich had, kreeg hij op den duur de bijnaam de *dino-cowboy*.

Clayton zoekt fossielen om ze te kunnen verkopen.
In Amerika is het zo dat als je dino-overblijfselen of andere vondsten aantreft op je land, je de opbrengst dan mag houden (en als je ze vindt op het land van iemand anders, krijg je toch in ieder geval een gedeelte daarvan).
Dit kan heel lonend zijn – het skelet van een *T. rex* dat in 1990 werd gevonden, werd voor 8 miljoen dollar verkocht aan een museum! Er zijn, behalve die musea, veel mensen op de wereld die stukken van prehistorische dieren willen hebben. Alleen de losse tand van een *T. rex* kan al 10.000 dollar opbrengen.

Niet iedereen is het hiermee eens. Er zijn onderzoekers die vinden dat die resten enkel naar musea moeten gaan, waar ze verder onderzocht kunnen worden, waar ze tentoongesteld kunnen worden voor iedereen. Maar Clayton Phipps wil leven van zijn vondsten. En hij is er goed in; hij heeft meerdere heel bijzondere fossielen ontdekt, en daarmee heeft hij een enorme ervaring opgedaan in het vinden en opgraven van deze botten.

Clayton Phipps zag de vondst van Blaine en Michele, en zijn reactie was letterlijk: 'Wow! Dit is geweldig!' Het nieuws ging snel rond. Al na korte tijd werd hij gebeld door Peter Larson. 'Ik hoor dat je een *T. rex* hebt gevonden!'

Peter Larson is de oprichter en president van het *Black Hills Institute of Geological Research.*
Dit instituut, in de staat South Dakota, graaft dino's op, en heeft een indrukwekkende tentoonstellingsruimte waar skeletten staan opgesteld. Maar bovendien is er een eigen laboratorium waar de botten heel secuur en voorzichtig ineengepast worden en, zo nodig, extra geconserveerd.
Peter Larson is een grootheid op het gebied van dino's. Hij heeft vele boeken en artikelen geschreven en zelf meerdere skeletten van *T. rex* opgegraven; er is niemand op aarde die zoveel botten van deze soort heeft gezien en onderzocht. Het was Peter Larson die Naturalis berichtte dat er misschien een *T. rex*-skelet was gevonden in Montana.

Clayton Phipps, de dino-cowboy, die de vondst doorgaf aan het *Black Hills Institute*.

TEAM

T. REX

BLAINE EN MICHELE LUNSTAD

De vinders van Trix. Na het werk op de Murray Farm in Montana maken ze graag een wandeling. Blaine zag het eerst een bot uit een heuvel steken. Michele is in Nederland geboren en vindt het fantastisch dat deze *T. rex* daar straks te zien zal zijn.

CLAYTON PHIPPS

De dino-cowboy! Hij houdt koeien, maar zoekt in zijn vrije tijd op de prairie naar botten van dino's. Hij heeft al veel bijzondere skeletten gevonden. De Lunstads belden hem meteen na hun vondst.

PETER LARSON

Directeur van het *Black Hills Institute* in South Dakota. Ervaren graver en onderzoeker van fossiele skeletten. Hij prepareerde met zijn team het skelet van Trix voor het tentoonstellen in Nederland.

EDWIN VAN HUIS

Directeur van Naturalis. Hij wilde héél graag een *T. rex* voor het museum, dat al een aantal andere dinoskeletten in zijn collectie heeft. Hij bedacht met zijn team de actie *Tientje voor T. rex*.

ANNE SCHULP

Paleontoloog en onderzoeker bij Naturalis. Hij groef met Peter Larson en hun teams het skelet uit. De man met de meeste vlieguren van het team! Hij reisde regelmatig naar de Verenigde Staten om mee te werken aan het onderzoek naar en het prepareren van het skelet van Trix. Steeds meer van zijn onderzoeksvragen worden beantwoord. Inmiddels *de* T. rex-specialist van Nederland.

PHIL MANNING

Professor aan de University of Manchester, Engeland. Hij rekent Trix tot de Top 5 belangrijkste *T. rex*-vondsten ter wereld. Zijn team maakte 3D-scans van de vindplaats, om vast te leggen hoe de botten precies in de grond lagen.

HET GRAAFTEAM

Enthousiaste dino-cowboys en medewerkers van Naturalis en het *Black Hills Institute*. 'Ieder jaar krijg je die bottenkoorts.'

TRIX IN NATURALIS

Een 'kroonjuweel' voor een natuurhistorisch museum!

Zo kwam de ontdekking van Trix, schakel voor schakel, terecht bij Naturalis! Maar waarom? Waarom werd een museum in het Nederlandse Leiden hierover ingelicht?

Het antwoord is eenvoudig: omdat Naturalis heel graag zo'n geraamte wilde hebben! Al eerder had de directeur van Naturalis - Edwin van Huis - laten weten bijzonder geïnteresseerd te zijn in het skelet van een *T. rex*. Naturalis heeft dit bij heel veel mensen die met dino's bezig zijn aangegeven en is zelfs naar Amerika gegaan om onder andere met Peter Larson van het *Black Hills Institute* te spreken. Peter kent iedereen in de dinowereld en hoort vaak als eerste dat er ergens iets is gevonden. Hij was het dan ook die naar Naturalis belde.

En in het voorjaar van 2013 - dus nog vóór de vondst van Trix - dacht men dat het raak zou worden: in Wyoming waren toen enkele botten van een *T. rex* ontdekt. Een team van Naturalis reisde ernaartoe, een

De Naturalis Triceratops- expeditie in Wyoming.

Campagne
Tientje voor T. rex.

complete heuvel werd afgegraven. Ze vonden een linkervoet en een gedeelte van een achterpoot. En de resten van drie – maar later bleek wel vijf – triceratopsen. Al met al een prachtig resultaat. Maar... niet het skelet waarop ze hadden gehoopt.

Tyrannosaurus **wordt nu eenmaal gezien als een van de belangrijkste, meest opvallende dieren uit de Krijt-periode; een 'kroonjuweel' voor een natuurhistorisch museum!** Geen dier spreekt zó tot de verbeelding als dit enorme roofdier.

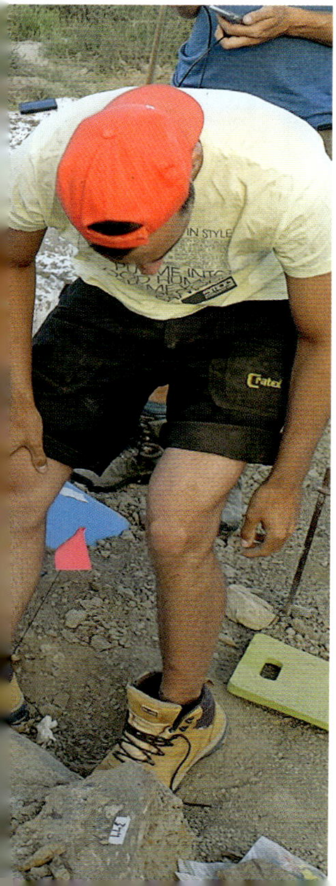

Lange tijd dacht men dat dit de grootste, over het land lopende vleeseter was die er ooit had geleefd. Inmiddels weten we dat er enkele nog grotere roofdino's zijn geweest; maar voor het grote publiek is er nog steeds niets dat zo boeiend is, zo intrigerend, als een echte *T. rex*.

Edwin had zijn zinnen gezet op een skelet dat nog niet eerder was gevonden. Naturalis wilde dus erg graag ook de eigenlijke opgraving doen. Zodat men alles van begin tot eind kon meemaken; waarmee dit werkelijk hún geraamte zou gaan worden. Hier moest geld voor worden verzameld, natuurlijk. Voor het aankopen van de botten. Om de opgraving te betalen. Voor het bekostigen van het conserveren en monteren van het geraamte. Om het geheel met een vliegtuig naar Nederland te vervoeren. En voor het maken van een tentoonstelling. Veel geld was er, kortom, nodig! Dit werd verzameld door *fundraising* – wat betekent dat bedrijven kunnen bijdragen aan wat hun belangrijk lijkt, in ruil voor de vermelding van hun naam.

En zo – nadat Naturalis er werkelijk in geloofde dat er een geraamte kon worden opgegraven – gebeurde het: bedrijven (en ook sommige particulieren) werden aangeschreven. Allen konden ze een van de botten 'adopteren', in ruil voor geld. Zo konden ze hun naam verbinden aan een stukje van Trix! Meer dan 60 partijen gingen hier (uiteindelijk) op in.
Verder werd er een grote actie gestart voor de inwoners van Nederland: *Tientje voor T. rex*. Er werd een promotiefilmpje gemaakt (met de bioloog Freek Vonk in een van de twee hoofdrollen), dit filmpje werd meerdere malen uitgezonden. Met andere woorden: iedereen die dit leuk of interessant of de moeite waard vond, kon een tientje bijdragen. Dankzij al deze acties – en dus ook dankzij de meer dan 23.000 tientjes die er werden gestort – kon Naturalis zo'n vijf miljoen euro verzamelen. Wat ook werkelijk nodig was om alles te kunnen betalen.

DE EXPEDITIE

Let's dig this dino! Bobcat, water, voorraden: het kamp in wording.

Wat schaft de pot vandaag? Hamburger of...

29 augustus 2013

Na een dag in het vliegtuig en een dag in de auto is ons team, samen met het team van **Black Hills Institute**, aangekomen bij de site in een uithoek van Montana. Hier gaan we een ***Tyrannosaurus rex*** opgraven!

De vondst van Blaine en Michele Lunstad werd dus de tweede poging van Naturalis! Met dit keer meer hoop op succes – want de schedel van Trix was al ontdekt. En nu, in de nazomer van 2013, kon de werkelijke opgraving beginnen! Naturalis-onderzoeker Anne Schulp hield een dagboek bij.

Twee campers werden vlak bij de heuvel geparkeerd. Er kwam een truck met een reservoir van water (een bron waar men telkens vers water kon gaan halen was in de buurt). Er werden twee diepe gaten gegraven, dat werden de wc's. Het leven op de vlakte moest (redelijk) comfortabel worden. Er moest niet alleen

30 augustus 2013

We willen beginnen met het blootleggen van de schedel – die al eerder dit jaar gevonden was. Maar voordat we dit kunnen gaan doen, moeten we eerst de puinhelling onder het fossiel door de zeef halen. Alle stukjes gruis vlooien we door op eventuele scherfjes. Het is al snel raak: een mooie punt van een tand, en een paar scherfjes bot die mogelijk bij het oog zaten.

Terwijl de meeste teamleden bezig zijn met zeven, zijn Clayton en Sam hard aan het werk met de twee graafmachines (**de Bobcats**). Alle gesteentelagen boven de laag met het fossiel zijn aan het eind van de middag afgegraven. De site ziet er opeens heel anders uit.

Zo bouw je een wc op de prairie!

gegraven worden, maar ook worden geslapen, gewassen, gegeten en gezeten. Een complete nederzetting werd in de prairie geplaatst, vlak bij het graf van Trix. En de mensen – stuk voor stuk paleontologen met de nodige kennis en ervaring – kwamen ernaartoe.

De opgraving ging van start! Twee weken lang liepen er vijftien mensen over en langs de rustplaats van Trix. Wat ze daar deden? Ze zaten voornamelijk te graven. Met scheppen, met kwasten, met boren, met messen en met mesjes. Twee mensen hielden alles in de gaten: Peter Larson (van het *Black Hills Institute*) en Anne Schulp (van Naturalis).

De afgegraven heuvel waarin Trix lag,
met erachter het kamp.

WAT IS EEN PALEONTOLOOG?
EN HOE WORD JE HET?

Paleontologen bestuderen fossielen en andere, achtergelaten sporen van leven. Het zijn wetenschappers die erachter proberen te komen hoe de wereld er in voorbije tijden heeft uitgezien én hoe het tegenwoordige leven hieruit is ontstaan. Ze doen dit, onder andere, door opgravingen en door het onderzoeken van wat ze vinden in de grond. Paleontologen moeten hiervoor ook heel veel weten van biologie, van schei- en natuurkunde, van ecologie en van geologie. Ze werken vaak wereldwijd en houden onderling goed contact.

Anne Schulp is een gedreven mens; al vanaf zijn jeugd zoekt hij naar fossielen, en het was dan ook haast logisch dat hij uiteindelijk, inmiddels als expert, terechtkwam in Leiden.
Anne had daarvoor gewerkt bij het Natuurhistorisch Museum Maastricht, en heeft daar, onder andere, veel onderzoek gedaan naar de overblijfselen van reptielen uit de Krijt-lagen in Limburg. Zo bestudeerde hij met name *Mosasaurus* en was hij betrokken bij de opgraving van een 13 meter lang exemplaar.
Anne heeft over de hele wereld meegewerkt aan paleontologische expedities. Hij is de eerste geweest die de sporen – pootafdrukken – van dino's onderzocht op het Arabische schiereiland (in Jemen).
Anne leidt expedities (waaronder de expeditie om Trix op te graven) en graaft zelf ook mee. Hij begeleidt verder studenten, hij houdt lezingen en publiceert artikelen en boeken – hij is met dit alles dé Dino-man geworden van Naturalis, en van Nederland.

Anne Schulp aan het werk.

- [ ] Ik ben nieuwsgierig.
- [ ] Ik hou van raadsels en puzzels.
- [ ] Ik ben gek op uitgestorven planten en dieren.
- [ ] Ik kan netjes werken.
- [ ] Ik ben handig met gereedschap.
- [ ] Ik hou van kamperen en ben niet snel moe.
- [ ] Ik hou van biologie, aardrijkskunde en rekenen.

Heb je de meeste van deze dingen aangevinkt, dan word je misschien wel onderzoeker en ga je overal ter wereld graven naar dinoskeletten... Of je gaat dinobotten schoonmaken, en ze bestuderen...
Of je doet wat Anne Schulp van Naturalis doet: je gaat dino's opgraven én ze in elkaar zetten. Anne is er in ieder geval zeker van dat hij het allermooiste beroep heeft dat er bestaat: het opdelven en bestuderen van verdwenen werelden!

Matt maakt voorzichtig een bot van Trix schoon.

PALEONTOLOGEN ZOU JE IN TWEE SOORTEN KUNNEN VERDELEN:

1. De 'vuile handen paleontologen'. Dit zijn de opgravers, de speurders, de 'botten detectives', oftewel degenen die in weer en wind aan het werk zijn om de fossielen zo volledig en gaaf mogelijk uit de grond te krijgen.

2. De 'museum paleontologen'. Dit zijn degenen die de vondsten, eenmaal in een ruimte, gaan bestuderen. De laboratorium onderzoekers. Zij gaan alles in elkaar passen. Zij kijken naar de jaarringen in de botten, zij kijken naar poriën, naar beschadigingen, naar sporen van geweld, naar vergroeiingen, naar eventuele inhouden van magen, zij proberen te bepalen hoe oud de botten zijn, en hoe oud het dier in kwestie is geworden. Zij zijn de puzzelaars.

Waarbij het natuurlijk zo is dat veel paleontologen zowel het veldwerk als het laboratoriumwerk doen.

Bij elkaar gevonden botscherven worden samen in zakken bewaard.

HOE LIGT HET SKELET IN HET ZAND?

Met een kleine bulldozer – een Bobcat – vlakten de onderzoekers, om te beginnen, de heuvel in de East Pasture af. De bovenlaag van zand werd er 'afgeschuurd' – tot het niveau waar het fossiel zich moest bevinden.

De aardlaag waarin de overblijfselen van Trix zouden zijn bewaard heet de Hell Creek-Formatie (vernoemd naar de Hell Creek, een zijrivier van de Missouri). En in dit, zich over meerdere staten uitstrekkende pak van zand en zandsteen, treft men heel veel fossielen aan van de dino's die leefden in de laatste jaren van het Krijt.
Zorgvuldig verwijderden de Bobcats de top van de heuvel; één onverwacht hoog uitstekend bot werd hierbij even geraakt, zonder al te veel schade.

Al het zand wordt gezeefd zodat ook kleine botsplinters bewaard blijven.

Phil Manning maakte, met zijn team, laserscans om de precieze ligging te documenteren voordat ze alles gingen uitgraven en inpakken. Ze plaatsten een statief boven het zand. Op die driepoot rustte een kastje – een *lidar-scan*. Hiermee konden ze prachtige beelden in 3D maken. En van tijd tot tijd, als er stukjes van botten zichtbaar werden, gebruikten de gravers een 'grid'.

Phill Manning en zijn team scannen het terrein voordat het afgegraven wordt.

Een grid is een vierkant, gemaakt van houten randen, rustend op vier poten. Het vierkant wordt doorsneden door draden, en zo, van bovenaf kijkend, krijg je een raster, direct boven de plek waar je aan het graven bent. Alles wat er te zien is, wordt minutieus in die vakjes (overgebracht op papier) opgetekend en gefotografeerd. Vastgelegd. Opdat men later precies weet hoe de botten lagen toen ze werden gevonden.

Pete tekent alle vondsten in een grid op, voordat ze worden uitgegraven.

Allemaal hulpmiddelen om zo secuur mogelijk bij te houden hoe de botten van Trix werden aangetroffen. En wát een spannende arbeid! Een raadsel werd hier langzaam onthuld. De paleontologen kropen als mieren rondom de heuvel; gravend vanuit de zijkanten, steeds verder binnendringend in het zand waarin Trix lag te wachten.

RECHTER ACHTERPOOT
HEUP
ROMP
NEKWERVELS

Met een vliegtuigje worden luchtfoto's van het terrein gemaakt.

WAT HEBBEN PALEONTOLOGEN NODIG VOOR EEN OPGRAVING?

Het antwoord is: heel veel!

Mes, spijkers, kwasten, lijmflesjes... Daarmee krijg je een bot perfect uit de grond.

VOOR HET KAMP:

Zonnepanelen
Generatoren
Campers
Tenten
Kookspullen
Buiten-wc
Een wifi-ontvanger

VOOR OVERZICHT:

Een vliegtuigje om foto's van het graafterrein te maken.

Een 3D-scanner, om de ligging van de botten precies vast te leggen voordat ze uit de grond worden gehaald.

VOOR HET GROVE GRAAFWERK:

Eén of meerdere graafmachines

Kruiwagens

Kaphamers

Boren

Een 'grid'

Scheppen

Emmers

Een kijkje in de keuken van het graafteam! Alles bij de hand.

VOOR HET FIJNE GRAAFWERK EN PREPAREREN:

Zeven

Messen

Kwastjes

Spuitflessen met diverse soorten supersterke lijm

OM HET SKELET IN TE PAKKEN,

zodat je het veilig kunt vervoeren:

Een gipsmixer

Gips en jute

Aluminiumfolie

Hout (als versteviging)

30 augustus 2013

Een kleine verrassing rond de lunchpauze is een stuk bot dat in een van die veel hogere lagen tevoorschijn komt. Het blijkt een dijbeen te zijn van **Tyrannosaurus**. Hoort het bot bij de rest van het skelet? Zit het skelet in een veel dikkere zandlaag dan we dachten? Of loopt de laag hier toch veel schever dan in de rest van de omgeving? Dat moet bij verder graven nog blijken. Wat wel interessant is, is de manier waarop de botten verspreid liggen. Het dijbeen ligt een flink stuk van de schedel verwijderd. Ligt het skelet over een groter oppervlak verspreid dan we aannamen...?

Intussen is Matt bezig in de helling naast de heupgordel. Ook de heupbotten waren eerder dit jaar al gevonden, en toen, net als de schedel, snel weer afgedekt in afwachting van de echte opgraving. Bij de heupgordel komen ook al een paar wervels tevoorschijn. Goed nieuws! Als die er ook nog aan zitten is de kans op meer materiaal op die plek een stuk groter. Matt haalt bovendien op diezelfde plek een paar nekwervels tevoorschijn. Ligt de nek misschien in een halve cirkel gedraaid? Deze wervels sluiten in ieder geval niet aan op de schedel. Het wordt steeds interessanter.

31 augustus 2013

Het heeft gisteravond geregend; we zagen en hoorden de bui al van verre aankomen boven de vlakte. Het terrein van de opgraving is nu wat modderig, maar we hadden afwateringssleuven gegraven, die hebben hun werk goed gedaan. Sam schaaft een paar laagjes zandsteen weg met de Bobcat. De rest van het team gaat door met zeven, en er wordt een begin gemaakt om de ruimte rondom het schedelblok verder uit te graven.

Ik graaf een paar sleuven in de zachte zandsteen, om de schuine gelaagdheid op te meten. De richting van de schuine laagjes geeft de stroomrichting van het water aan, op het moment dat het pak zand werd neergelegd. Zo'n 67 miljoen jaar geleden ging het water op deze plek recht naar het noorden, en de zanddeken dekte het kadaver van deze **T. rex** in een mum van tijd toe.

Anne en Peter hadden dan de leiding in de East Pasture in Montana, ook zij zaten het grootste deel van de dag voorovergebogen over het zand. Want Trix rustte in het zand (wat gedeeltelijk tot zachte steen was verworden). Geen keihard geworden klei! Dit was een meevaller; want in geval van een grond die uit harde steen bestaat moet een bot uiterst behoedzaam worden uitgehakt. De botten die op die manier omhoog worden gehaald zijn vaak ineengedrukt, verbogen, verwrongen; door het gewicht dat er zo lang op heeft gedrukt. Hier niet! Schepje voor schepje, werd Trix uitgegraven. Hier lagen botten die weliswaar waren versteend, maar nauwelijks vervormd.

Het weer was prachtig. Om ongeveer vijf uur 's ochtends, als het eerste daglicht was verschenen, stond iedereen op. De paleontologen kropen uit hun tenten, ze rekten zich uit, ze ontbeten. Anne bakte eitjes voor het team, die verdwenen als sneeuw voor de zon. Er werd gepraat, over de botten van Trix, maar eigenlijk over van alles. Grapjes werden geplaatst, telefoons werden haastig gecheckt op berichten.

Vijf uur in de ochtend, het team bereidt zich voor op een lange dag graven.

En vervolgens gingen ze aan de slag; er was daglicht nodig voor het werk! Omdat ze allemaal de nodige routine hadden, wist iedereen wel min of meer wat er moest worden gedaan en aan welke plekken er die dag werd gegraven. Van buiten naar binnen werd, uiterst langzaam, de 3,2 meter diepe zandlaag (wat nu het bovenstuk was van de heuvel) verwijderd. Geconcentreerd zat iedereen over zijn eigen plek. Knieën begonnen zeer te doen. T-shirts werden langzaam stijf van het zweet. Sommige paleontologen droegen hoedjes of petten als afweer tegen de brandende zon.

De kop was al eerder gevonden, door Blaine en Michele. Een groots, ontroerend moment... Paleontologen kunnen opgewonden worden van een teenkootje of een wervel; maar de kop, dat is het hoogste. Letterlijk: de hoofdprijs. En nu werd dus het hoofd van Trix, bijna anderhalve meter lang, voorzichtig ingepakt.

Begin van het graafwerk rond de schedel. Iedereen werkt voorzichtig naar de schat binnen in de heuvel.

De schedel wordt vakkundig met gips versterkt, voor hij gekanteld kan worden.

HOE IS DE SCHEDEL BEWAARD GEBLEVEN?

1 september 2013

De grote klus vandaag is het verder inpakken van het schedelblok. Met een dik verband van jute en gips wordt het blok waarin de schedel van **T. rex** zit veilig opgesloten in een stevig harnas. Die bescherming zorgt ervoor dat het blok straks zonder kans op beschadiging in zijn geheel losgemaakt, opgepakt en omgedraaid kan worden, en later veilig naar het lab (oftewel: het laboratorium in het **Black Hills Institute**) kan worden vervoerd.

Een fors blok. En zwaar ook. We schatten het op meer dan een halve ton (500 kilo). Rondom komt een stevig frame van dikke stukken hout, en erboven schroeven we een zware houten pallet vast. Als het blok straks ondersteboven ligt ('geflipt' is), kunnen we het met een heftruck of met de Bobcat probleemloos optillen en vervoeren.

Morgen is het gips hard genoeg om het blok te flippen. Heel, heel benieuwd hoe dat uitpakt... en hoe de rest van de schedel bewaard is gebleven.

De in gips verpakte schedel wordt steeds verder uitgegraven zodat de Bobcat hem kan oppakken.

De met gips versterkte schedel wordt gekanteld.

2 september 2013

Altijd spannend: een groot gipsverband omdraaien. Met de Bobcat maken we een bedje van los zand. Het blok is inmiddels al zo ver ondergegraven dat we het met een beetje duwen al iets kunnen laten wiebelen. Met hulp van de laadschep van de Bobcat kantelt het blok langzaam naar beneden, en met een beetje duwen en trekken staat het even later ondersteboven op een pallet.

Om het blok wat lichter te maken, en om een idee te krijgen van hoe de schedel bewaard gebleven is, halen we het gesteente weg dat onder de schedel zat (en nu het is omgedraaid dus boven op de schedel ligt). Niet moeilijk. Het gesteente is bijzonder zacht; binnen een uur is het blok een stuk lichter geworden, een stuk kleiner ook, en ligt de andere kant van de schedel bloot.

Anne, Clayton, Pete en hun helpers leggen langzaam, heel voorzichtig, de schedel bloot.

IT'S A GIRL!

En wat een fantastisch exemplaar! Alle botten van de linkerkant van de kop zijn prachtig bewaard gebleven, en ze liggen nog bijna allemaal op de plek waar ze horen. Alleen het snuitpuntje is een beetje verschoven.

'It's a girl!' roept Pete ineens. De dikke knobbel boven de oogkas is typisch voor dames-rexen, en naarmate ze ouder worden, wordt die knobbel groter. En dit, zo kunnen we nu zien, is een heel grote knobbel.

Bijtsporen in de kaak.

Er is ook een stuk van de onderkaak zichtbaar. In de onderkaak zitten twee bijtsporen: deze T. rex is ooit door een andere T. rex aangevallen.

Zo groot is de kop van Trix.

HOE GRAAF JE EEN T. REX OP?

67 miljoen jaar had Trix bedekt gelegen onder zand. Nu werd ze door die veel kleinere dieren – paleontologen – tevoorschijn gehaald. Ieder gevonden bot, iedere splinter, ieder stukje, werd meteen bewerkt met een uiterst krachtige lijm. Alle paleontologen hadden diverse soorten bij de hand, waarmee hun vondsten konden worden ingesmeerd, waarmee breuken of barsten konden worden gedicht. Die (super)lijm wordt razendsnel hard – en dit is nodig. Omdat zulke oude botten anders gemakkelijk uiteenvallen; omdat ze broos en droog zijn geworden, omdat de oorspronkelijke stof die botten bijeenhoudt is verdwenen.

En 's avonds, als het licht vager werd, moesten ze weer ophouden. Iedereen was moe na zo'n inspannende dag in de buitenlucht. Ze douchten (niet te vaak – zuinig met het water!). Ze trokken schone kleren aan. Voedsel was aangesleept uit het nabijgelegen dorp; karretjes waren volgegooid in de plaatselijke supermarkt. En nu werd er gekookt, waarbij alle leden van het team vroeger of later de beurt kregen om een maaltijd klaar te maken.
Soms maakten ze een vuur. En onder een betoverende sterrenhemel zaten ze te eten. En niet al te lang hierna zochten de paleontologen hun slaapplek op. Moest je 's nachts naar de wc, dan nam je een zaklantaarn mee. En liep je behoedzaam door de uitgestrekte, fitselende prairie; waarbij je hoopte dat je geen ratelslang zou tegenkomen. En door de ruisende stilte klonk zo nu en dan het zachte gehuil van coyotes in de verte.

Alle botten worden meteen met lijm verstevigd.

Poot-bot.

Staartwervel.

Nog een staartwervel.

Op de prairie is geen lichtvervuiling, 's nachts kun je de Melkweg zien. Dezelfde sterren schenen bijna net zo op Trix, 67 miljoen jaar geleden.

WANNEER LEEFDE TRIX?

We weten dat *Tyrannosaurus rex* aan het eind van het Krijt leefde, van ruim 67 tot 66 miljoen jaar geleden. Maar Anne wilde natuurlijk heel precies weten of we met een van de allerlaatste T. rexen te maken hebben of misschien met een wat oudere. Geologen van de Vrije Universiteit Amsterdam en de Universiteit Utrecht hielpen hem om dat uit te zoeken.

3 september 2013

Ik besteed nog wat tijd aan het verder schoonmaken van de schedel. Normaliter zouden we dat pas in het lab gaan doen, maar we krijgen de komende dagen bezoek van allerlei geïnteresseerden. De schedel lag vrij dicht onder de oppervlakte, en er hebben zich dus een paar kleine plantenwortels door de scheurtjes tussen de botten naar binnen gewerkt. Maar de schade valt gelukkig enorm mee. Hoe meer zand we weg borstelen, hoe duidelijker het wordt... Het fossiel is werkelijk schitterend bewaard gebleven.

Intussen blijven de vondsten maar doorgaan. We hebben nu van bijna het hele lichaam al materiaal: de kop, de nekwervels, de schoudergordel, rugwervels, de heup, staartwervels, ribben en buikribben en een achterpoot. Alleen de voet zijn we nog niet tegengekomen, en ook de voorpootjes (die bij **T. rex** bepaald niet groot zijn) hebben we nog niet gezien.

Er komt ook nog een nanotyrannus-tand tevoorschijn. Een afgebroken wisseltand; mogelijk is het karkas van deze **T. rex** door **Nanotyrannus** aangevreten.

Een wisseltand van *T. rex*, en de tand van een nanotyrannus.

Mooi geconserveerde staartwervel van *T. rex*. Dit is nummer 21 als je bij de heup begint met tellen.

4 september 2013

Huiswerk van vandaag: de bottenlijst bijwerken. De voorpootjes en de voeten laten nog steeds op zich wachten, maar verder vordert de opgraving gestaag. We kunnen in de skelettekening weer een paar wervels en ribben inkleuren. Het skelet wordt steeds completer.

Gisteravond is onze collega Phil Manning (van de University of Manchester) in Billings aangekomen; we verwachten hem later vandaag op de site. We laten alle botten (behalve dus de schedel) nog even in de grond, want Phil gaat voor ons met zijn 3D-laserscanner de hele site in drie dimensies in beeld brengen. Van ieder bot kunnen we zo met de grootst mogelijke precisie de ligging vastleggen.

Intussen gaat ook het onderzoeken van de puinhelling door. Schep na schep gaat door de zeef, en we kunnen zakje na zakje met losse stukjes bot vullen. Veel stukjes lijken van rug- en nekwervels en van nekribben afkomstig te zijn. Dat wordt nog een puzzel, maar het geeft wel hoop op straks een behoorlijk complete nek en rug.

Een vogelbot

T. rex heeft een speciaal bot – een bot dat zoogdieren niet hebben. Reptielen hebben het niet eens, terwijl *T. rex* toch ook een reptiel is. Alleen vogels hebben het bot ook. Het gaat om het *furcula* oftewel *vorkbot*. Het lijkt wat op een hooivork, vandaar de naam. Aan de voorkant van het lichaam vormt het een soort brug tussen de schouderbladen. Toevallig groef Naturalis ook een vorkbot op bij het T. rex-skelet in Montana. De paleontologen waren superblij.
Dankzij dat vorkbot had *T. rex* extra stevigheid in zijn armen. Dat kon hij best gebruiken, want zijn armpjes waren dan wel klein, ze moesten toch zwaar werk verrichten. Paleontologen denken dat *T. rex* zijn kleine armpjes gebruikte om tegenstribbelende prooien in bedwang te houden. Vogels gebruiken hun vorkbot voor iets heel anders, namelijk om te vliegen. Daarom is het bij hen extra groot.

5 september 2013

Phil begint met een scan van de schedel, intussen zijn de overige leden van het team bezig de site verder schoon te maken, zodat we er morgen een mooie scan kunnen maken. Er blijft materiaal tevoorschijn komen.

De werkzaamheden worden even stilgelegd als de plaatselijke school langskomt. Opeens loopt er een hele groep leerlingen rond. Clayton geeft een enthousiaste rondleiding.

Het terrein wordt in stukken opgedeeld.
Links is een groot bot van de poot zichtbaar.

Phill en Matt stellen de 3D-scanner op.

HOE ZAG TRIX ERUIT?

6 september 2013

Afgelopen nacht heeft het flink geonweerd. De site is weer helemaal schoongespoeld. We beginnen de ochtend met de aanleg van een vliegveld: een stok in de grond met een plastic tas eraan als windzak, meer heeft de collega van Clayton niet nodig om zijn kleine vliegtuig op de prairie neer te zetten.
We maken deze morgen een paar lucht-opnames van de site, die we onder meer gaan gebruiken om straks aan de 3D-laserscan te plakken.

We zullen dit nooit precies weten. Vlees en vel van *T. rex* zijn nooit gevonden (en dat zal ook niet gaan gebeuren). Hopelijk zullen we ooit nog eens wat stukjes weefsel en afdrukken van huid en veren aantreffen.
Maar we kunnen al een heel eind komen: door alle botten netjes op te meten, te beschrijven en uitgebreid te vergelijken met alle andere skeletten die gevonden zijn van *Tyrannosaurus rex* kunnen onderzoekers toch een behoorlijk goed beeld krijgen van het uiterlijk van Trix.

Een 3D-scan van de heup en stukken van de staart in het zand.

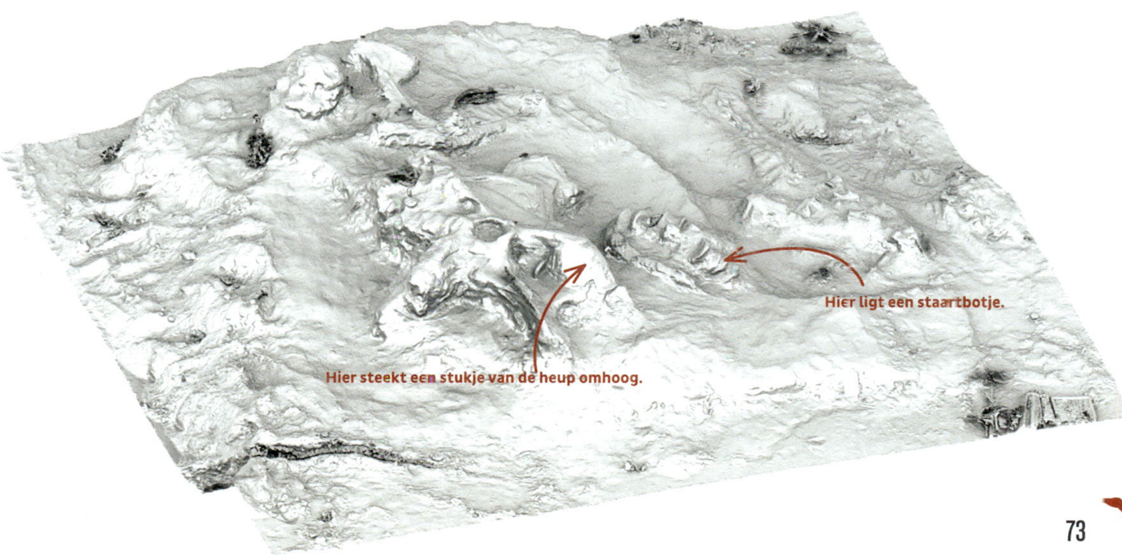

WAT VERTELLEN DE BOTTEN VAN TRIX?

Anne en zijn team hebben tijdens de opgraving al een paar botaandoeningen aangetroffen. Er is wat bot in Trix' bovenkaak verdwenen, mogelijk door een ontsteking, er zit een bobbel in een rib die mogelijk het gevolg was van een geheelde botbreuk, en achter in haar onderkaak zitten twee bijtsporen – een andere *T. rex* heeft haar mogelijk in haar kop gebeten.

7 september 2013

We kunnen aan de slag met het verder transportklaar maken van de fossielen. Rondom de botten maken we een diepe sleuf, zodat we straks de vondsten in een stevig gipsverband kunnen verpakken.

Tussen de staartbotjes komt nog een chevron tevoorschijn – een van de kleine botjes die onder de staartwervels hangen. De staart wordt steeds completer, maar het achterste stukje missen we nog, en ook halverwege ontbreken er nog een paar wervels. We hebben nog een stuk te gaan; hopelijk komt er straks nog meer...

8 september 2013

De kans is klein, maar wel aanwezig, dat we verderop nog een paar losse botten tegenkomen. Niet alle botten lagen immers op hun plek; de achterpoot lag bijvoorbeeld al los van de heup, en een stuk van de schouder lag daar dan weer tegenaan. We gaan nu een groter oppervlak doorzoeken, en om snel bij die lagen te kunnen komen gaan we met een grote tractor van de ranch de bovenliggende lagen verwijderen.

9 september 2013

Eigenlijk willen we helemaal niet weg. Hoewel de meeste botten inmiddels in gipsverband zitten, zou het leuk zijn om ook de laatste grote blokken nog ingepakt te zien. En bovendien moeten we nog verder met het oppervlak van de heuvel dat we nog niet doorzocht hebben. We weten dat de kans om daar nog meer materiaal aan te treffen klein is; maar klein is niet helemaal nul. Maar helaas, wij, de Nederlanders, moeten weg; de collega's van het **Black Hills Institute** kunnen gelukkig nog een paar dagen langer blijven.
Dat we vandaag al vertrekken heeft alles te maken met de weersverwachting. Grote kans dat het gaat regenen. Dat betekent dat de modderige, onverharde wegen hier in de kortste keren enorm glibberig worden. Het is hierom slimmer om vandaag al terug te rijden naar Billings en daar te overnachten, zodat we morgen onze vlucht niet missen.

De rit vanuit het kamp naar de verharde weg valt ondanks de regen (die dus inderdaad begon neer te komen) wel mee. Rustig aan rijdend blijft het glibberen beperkt. Ook bij de twee diepe modderpoelen waar we doorheen moeten, blijven we niet steken.

Twee weken; *mooie* weken in en rondom het kamp!
De opwinding was iedere dag gestegen. Dit, dat was steeds duidelijker geworden, was een verbazingwekkend compleet skelet!
Ieder bot of botje werd nu verpakt. Een laag jute met gips werd eromheen gesmeerd. Dat gipsverband zou er later weer af worden gehaald; maar op dit moment was het nodig, om ervoor te zorgen dat alles zonder schade kon worden vervoerd.

De eerste onderdelen van het bouwpakket zijn gearriveerd in het *Black Hills Institute*!

En toen? Toen was het veldwerk gedaan. Met succes! De overblijfselen van Trix waren, eerbiedig en behoedzaam, uit haar graf omhooggehaald. Haar botten werden vervoerd naar het *Black Hills Institute*. En daar begon een nog moeilijker en omslachtiger taak: het in elkaar passen van het geraamte!

Een deel van de chevrons, botes onder in de staart.

Voordat ze met het 'puzzelen' konden beginnen, maakte een team van wel vijftien mensen eerst alle overblijfselen schoon en werden ze nog verder gerestaureerd. Een compleet T. rex-geraamte bestaat uit zo'n driehonderd verschillende botten! De ontbrekende stukken – de linkerachterpoot, de voorpootjes, de staartpunt – moesten er nu bij worden gemaakt. Dit deed men door te kijken naar bestaande botten van een T. rex die ongeveer dezelfde grootte had als Trix.

En wat die linkerachterpoot betrof: hiervoor werd een scan gemaakt van de rechterachterpoot. Die scan werd, via een computer, *gespiegeld*. En kon daarna worden geprint met behulp van een 3D-printer.

WAT ZIT ER IN DE SCHEDEL?

Anne heeft het grote blok waar de schedel in zat vóór ze gingen prepareren eerst door een grote CT-scanner gehaald. Dat is een röntgenscanner die driedimensionale afbeeldingen kan maken. Zo konden ze, weer later, veel nauwkeuriger het fossiel uitprepareren.

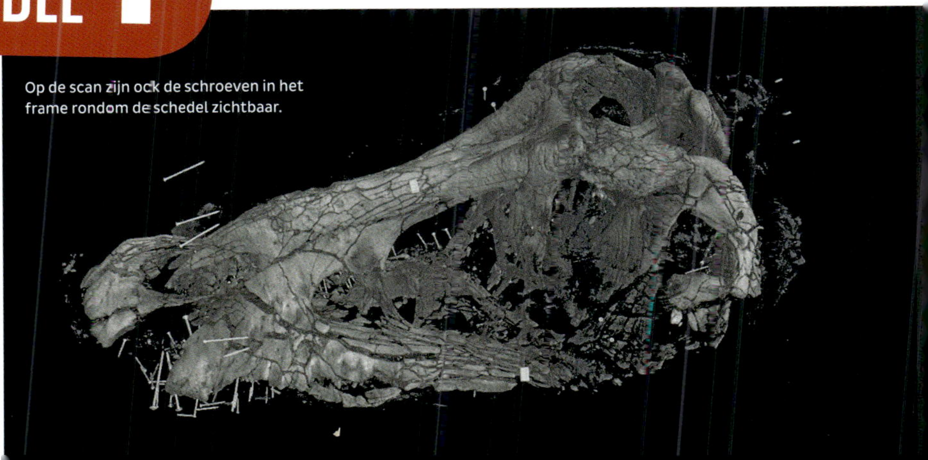

Op de scan zijn ook de schroeven in het frame rondom de schedel zichtbaar.

HOE OUD WAS ZE?

Net als je de leeftijd van een boom kunt bepalen door de jaarringen te tellen, kan je ook de jaarringen in de dinobotten tellen. Dat is nog niet zo heel makkelijk, maar de onderzoekers proberen het wel.
In dit geval dachten ze dat ze met een behoorlijk oude – in ieder geval volwassen – dame te maken hadden; er was dus botonderzoek nodig. Voor dat onderzoek zaagden ze een paar kleine monsters door en slepen ze een heel dun plakje af, zodat ze de groeilijnen konden zien onder de microscoop. Bij Trix ging dit nog moeilijk; want zij was zó oud geworden dat die ringen als het ware in elkaar waren overgelopen. Maar duidelijk werd in ieder geval dat Trix een héél succesvolle *T. rex* was geweest, die ruim dertig jaar oud werd.

Elk jaar een beetje meer

Botten van *T. rex* groeiden in de lengte en tegelijkertijd ook in de dikte. Elk jaar kwam er een beetje bij, in een ringvormig laagje naast het laagje van het jaar daarvoor. Zaag een bot door en tel de ringen, dan weet je de leeftijd van het dier.
De meeste botten van een dinosaurus zijn hol en daarom niet compleet genoeg voor het tellen van zulke groeiringen. Voor een precieze vaststelling van de leeftijd gebruik je een massief bot zoals een rib, het schaambeen of een kuitbeen. Maar zelfs in die botten zijn de allereerste groeilijnen niet altijd meer te herkennen. De groei wist de jongere groeilijnen soms uit. Het blijft dus moeilijk.
De dichtheid van de jaarringen laat wel zien dat *Trix* niet geleidelijk groeide. In de eerste jaren van het leven verliep de groei normaal. Maar vanaf haar veertiende gebeurde er iets opmerkelijks. Ze ging ineens heel snel groeien en werd in korte tijd vijf keer zwaarder. Een soort puberfase waarin het lijf op hol sloeg. Dat duurde tot haar achttiende; toen werd het weer normaal en groeide *Trix* weer stapje voor stapje in een rustig tempo.

EEN BOUWPAKKET

Het loodzware geraamte moest worden opgebouwd. De ontbrekende botten waren intussen, zo goed als dat ging, aangevuld met modellen van kunststof. Het skelet van een dier blijft, als dit nog niet zo lang geleden is gestorven, aan elkaar zitten door het kraakbeen en de pezen tussen de echte botten. Maar als een skelet zó oud is als dat van Trix, is het zachtere kraakbeen verdwenen. En om het skelet nu bijeen te kunnen houden, moesten er verbindingen van metaal worden gemaakt – een geraamte dus, voor het echte geraamte. Anne noemt dit 'een bouwpakket'.

En dit was de volgende stap die het team, weer onder leiding van Peter Larson, in het *Black Hills Institute* moest nemen: er moesten pasklare verbindingen worden gelast om het skelet, inderdaad als een bouwpakket, te kunnen opbouwen. Een complete smidse ging aan het werk, ging snijden en lassen en buigen.Tot tweemaal toe zetten ze de *T. rex* in het *Black Hills Institute* helemaal in elkaar. En vervolgens braken ze haar volledige geraamte weer af: bot voor bot. Anne Schulp en Peters team wilden zeker weten dat alles volledig paste en klopte.

Met een kopie van een T. rex-schedel kijkt het team hoe hoog de schedel straks gaat hangen en welke kant Trix op kijkt.

EXIT

NAAR NEDERLAND!

En dan is er het vervoer! Voor het eerst zou het originele skelet van een *T. rex* een vaste plek krijgen buiten de Verenigde Staten. Kisten werden met botten en met hun metalen frames gevuld; de botten rustend in speciaal daarvoor gemaakte vormen van ethafoam. De kisten zo gevormd dat ze netjes pasten, op een grote pallet, op het *maindeck* van een 747-transport-vliegtuig. Het geheel enkele duizenden kilo's zwaar. Trix kreeg een speciaal paspoort uitgereikt door de Nederlandse consul in Amerika. En daarna steeg ze op. En ze vloog over de oceaan...

Ook in Leiden had men intussen niet stilgezeten. De komst van Trix was aangekondigd, op tv, in de krant, op internet. Al eerder waren er enkele kisten met gruis, direct van de plek van de opgraving, naar Naturalis gekomen. De mensen die een tientje hadden gedoneerd, degenen die daar zin in hadden, mochten tussen de duizenden scherfjes bot op zoek naar een match van twee passende stukjes.

'T. rex-puzzelen met publiek!' Een vrolijke, spannende middag; kinderen en hun ouders vonden tussen al die scherfjes een passend stukje van een nekrib terug!

Trix werd groots aangekondigd. En 67 miljoen jaar na haar overlijden, eind augustus 2016 – zo'n drie jaar na de opgraving – kwam er een heuse intocht. De kisten met haar botten werden opgewacht op Schiphol, door Anne Schulp en Freek Vonk. Daar kreeg Trix een groots brandweersaluut. Onder hun leiding werden de kisten naar Naturalis gereden. Mensen kwamen kijken, klassen kinderen stonden langs de kant van de weg; een hele menigte kwam opdagen en zelfs de burgemeester van Leiden verwelkomde de komst van het geraamte – Trix zou een beroemdheid worden...

Het skelet werd uitgepakt. En vervolgens in elkaar gezet. Een klus van bijna twee dagen. Met behulp van het Amerikaanse metalen *frame* werd Trix bot voor bot opgesteld. En eromheen werd een grote expositie ingericht, met schaalmodellen, met beelden, met

In net zo'n toestel werd Trix naar Nederland vervoerd.

stukjes film, met dinorobots uit die periode – met alles wat maar mogelijk was werd getoond hoe Trix had geleefd, hoe de wereld er toen had uitgezien en hoe de opgraving was verlopen.

En op een namiddag in september mocht het publiek voor de eerste keer komen kijken; het laatste ontbrekende bot werd binnengebracht door Freek Vonk, en aangebracht op zijn plek in het skelet. En de tentoonstelling – *T. rex in Town* – werd officieel geopend door onder andere de minister van Onderwijs, Cultuur en Wetenschappen.

En daar staat ze: op bijna 7500 kilometer van de plek waar ze stierf; alles wat hiervoor werd beschreven is de weg die ze heeft afgelegd.

Ongeveer vierendertig jaar heeft ze geleefd. Meerdere nesten heeft ze voortgebracht. Ze zal de schrik van haar omgeving zijn geweest. De koningin van de dieren die toen leefden. Wij proberen ons een voorstelling te maken van een wereld die, ooit, volkomen anders is geweest dan de wereld zoals die nu is. Het is aan het ontrafelen van dát verloren gegane beeld dat mensen als Anne en Pete hun leven wijden. Omdat we willen weten hoe de aarde eruitzag voordat wij er waren, staat Trix nu in een museum. Bekeken. En bewonderd.

Kijk, daar gaan we.
We lopen om haar heen, we kijken, schuin onder haar, omhoog. En we bedenken dat Trix ons in één hap naar binnen had kunnen werken. En we vinden onszelf ineens nogal klein...

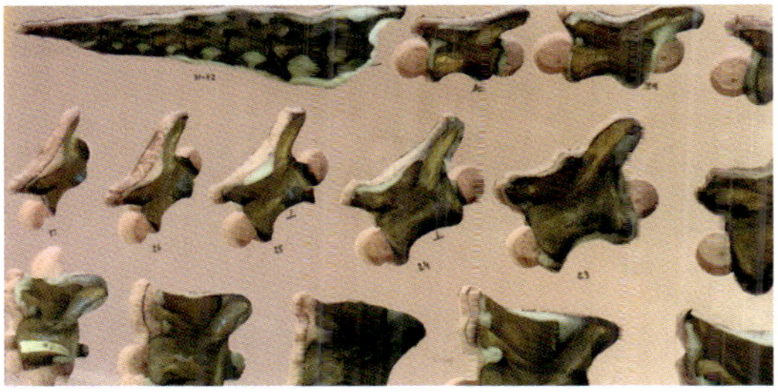

Alle botten werden genummerd en zorgvuldig ingepakt, zodat ze tijdens de reis niet konden beschadigen.

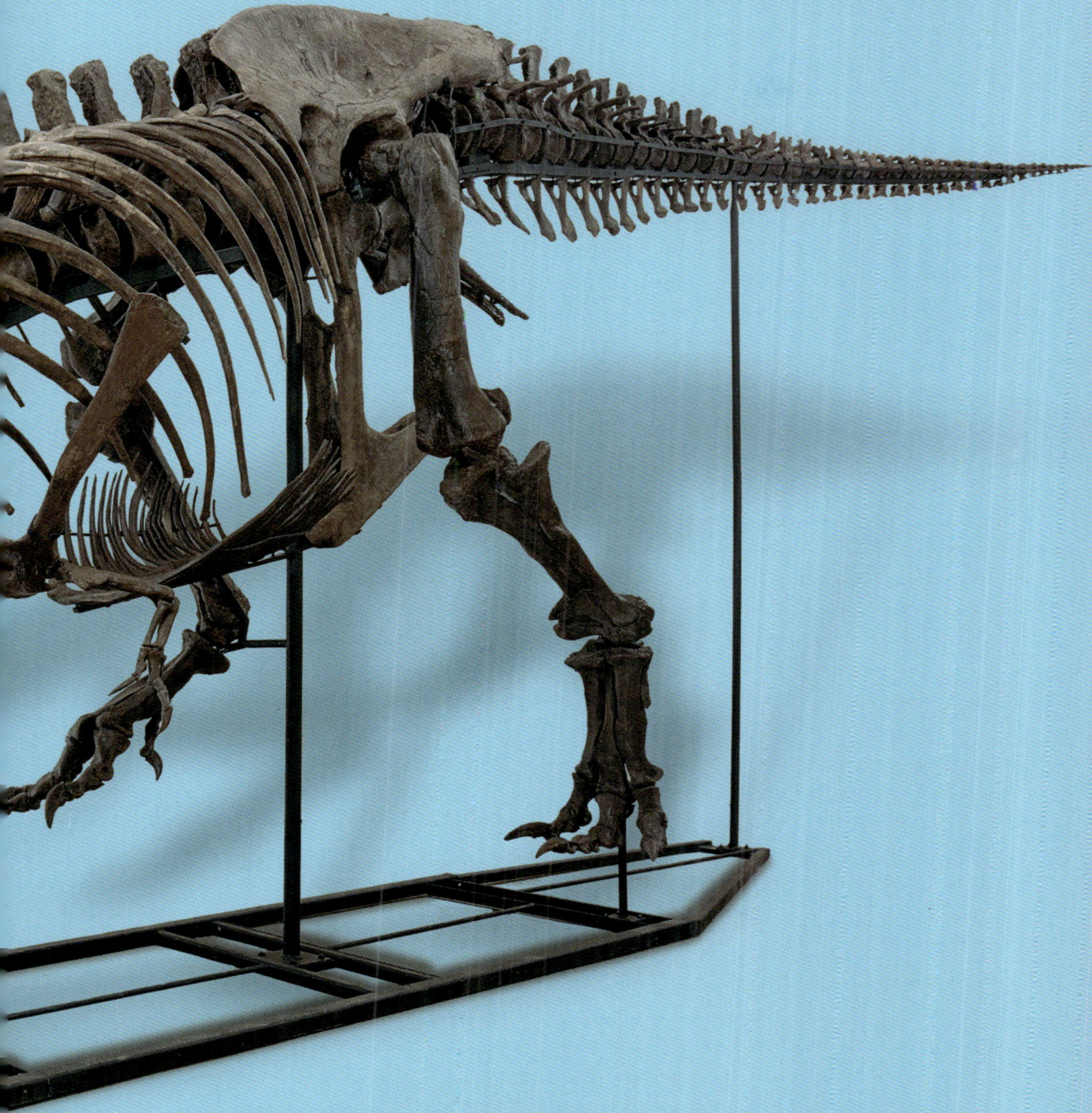

WAAROM?

Ergens in 1972 – ik was toen tien jaar oud – was er een lange uitzending op tv over het monster van Loch Ness. Ik kende dat monster best. Ik had de nodige, wazige foto's gezien in boeken en in de krant, ik had veel van die foto's verzameld, en in een schrift geplakt. Men dacht aan een *Plesiosaurus*. Op al die foto's stond een groot beest met een lange, dunne nek en een kleine kop, telkens opduikend uit dat, soms wel 200 meter diepe, meer.

Nu zouden er vele boten in een rij over de volledige breedte van dat kilometerslange Schotse water varen, en die boten waren stuk voor stuk uitgerust met sonar. Dankzij die sonar konden ze de diepte onder hen doorgronden, en zo, al varend, zou men eindelijk antwoord krijgen over dat onbekende leven onder het oppervlak.

Die uitzending was dus een verslag van deze groots opgezette onderneming. En ik zal de uitkomst maar meteen verklappen: het monster werd niet gevonden. Men zag dan soms wat onduidelijks op die sonar-beelden; maar of dit ook werkelijk het beest betrof, daarvan was men niet zeker.

Bestaan ze nog? Zijn er op de wereld nog dino's? Natuurlijk. We zien ze iedere dag! Alle vogels, alle meerkoeten, meeuwen, merels, mezen of duiven zijn afstammelingen van de dino's – van sommige dino's – die ooit rondliepen (of vlogen) over de aarde. Het is grappig om dat te bedenken: een mus is eigenlijk een soort van dino. En verder bestaan er nog steeds krokodillen (bijna onveranderd) en sommige soorten hagedissen en vissen die al in de dinotijd voorkwamen.

Zo'n 3,7 miljard jaar geleden is het eerste leven op aarde ontstaan. Lange tijd zouden er alleen maar eencelligen hebben rondgedreven in de zeeën. Uiteindelijk zouden daar allerlei meercellige dieren uit zijn voortgekomen. Die zouden, ten slotte, een manier hebben gevonden om buiten het water te kunnen leven.
En zo zijn wij hier dan uiteindelijk verschenen: als de nazaten van die kleine, ratachtige zoogdieren die leefden in het bos waar Trix en haar soortgenoten joegen op triceratopsen.

We zijn hier nog niet zo lang. Men heeft bedacht dat als het Empire State Building – een Amerikaans gebouw van 381 meter hoog – zou staan voor het leven op aarde, dat de mensen dan niet meer zouden vormen dan een papieren velletje op de top.

Toch zijn we in die korte tijd de baas geworden. We zijn in staat om het klimaat te veranderen. We zijn in staat om bossen te veranderen in woestijnen. We zijn ook in staat om die woestijnen weer te veranderen in bossen (als we dat zouden willen). We zijn in staat om alles van een afstand te bekijken. We zijn in staat om af te dalen naar de bodem van de oceaan, om naar de maan te reizen, en om machines naar andere planeten te sturen.

Maar waarom toch zouden we willen weten hoe het leven vóór onze tijd op aarde is geweest?
Waarom, wil ik maar zeggen, zouden we miljoenen willen uitgeven om het skelet van Trix neer te zetten in een museum?

Het enige wat je daarop kunt antwoorden is: omdat we nieuwsgierig zijn.

Nieuwsgierigheid is eigenlijk altijd de belangrijkste eigenschap van mensen geweest. We zijn het niet alleen. Iedereen die een kat in huis heeft, weet dat katten alles onderzoeken. Is er een nieuwe bank in huis? De kat zal hem waarschijnlijk als eerste uitproberen. Scharrelt er een muis onder het aanrecht? De kat is erbij! Veel dieren zijn nieuwsgierig. Het is een eigenschap die zorgt voor overleven. Alles wat nieuw is kan ook een nieuwe voedselbron betekenen; een nieuwe manier om langer en succesvoller te leven zelfs. *Curiosity didn't kill the cat* (nieuwsgierigheid vermoordde NIET de kat) – het zorgde ervoor dat de kat succesvol was.

En zo is het ook met mensen. Alle grote ontdekkingen – medicijnen, fotografie, landbouwmachines, verf, het wiel, plastic, ijskasten, baksteen, brillen, telefoons, internet, verwarming etc. etc. – zijn allemaal gedaan vanuit diezelfde nieuwsgierigheid; die ervoor zorgde dat we steeds beter en langer en gemakkelijker konden leven.
Mensen willen weten, daar komt het op neer.
En omdat we de meest ontwikkelde hersens hebben van alle dieren, lukt ons dit het beste. Het is hierom dat dolfijnen nog steeds geen visnetten gebruiken.

Omdat we willen weten hoe het leven er toen uitzag, hoe het zich heeft ontwikkeld, is Trix opgegraven. Uit nieuwsgierigheid. En: uit verlangen.

Ik verlangde, toen ik tien was, hevig naar een monster. Naar iets wat ik zelf kon ontdekken. Naar iets wat *wild* was. Geheimzinnig. Ongetemd!

Logisch. Want laat dit duidelijk zijn: als alles zeker is, als er niets meer te raden of uit te vissen zou zijn, zouden we doodgaan van verveling. We zouden wel leven – natuurlijk – maar het zou een triestig leven zijn. Dat er meer mensen zijn die dit zo voelen bewijst het internet. Op YouTube – zoek het maar eens op – stikt het van de filmpjes van mensen die beweren dat ze een *Pterodactylus* hebben gezien. Of een mammoet. Of een engel. Of een vliegende schotel. Of een zeemonster.
Het is, wil ik maar zeggen, prettig, ja, zelfs nodig, dat er onzekerheid is, en verrassing. Want alleen dát maakt het leven groter. Spannender. Alleen het *niet* weten kan een leven bijzonder maken. En alleen het verlangen naar *iets anders* – naar de oplossing van vragen – zorgt dat je tot daden komt.

En dat zal dus, onder andere, de reden zijn dat paleontologen wekenlang voorovergebogen gaan zitten wroeten in de modder. En dat we gaan kijken naar een kolossaal skelet, en ons verbazen dat er, ooit, zoiets ontzagwekkends rondliep op de wereld.

In 1994 ben ik dan eindelijk, tijdens de zomer, naar Loch Ness gegaan. Een mooie tijd! Er was geen internet (waarop je alles kunt opzoeken), geen *Google Earth*, de aarde was nog vol met raadselen. Vier dagen lang heb ik aan de oever van dat uitgestrekte meer gezeten, met een telelens. Tegen alles in hopend op het opduiken van een monster – van een dino.
's Avonds sprak ik, in de supermarkt of in het hotel waar ik logeerde, met mensen die hier woonden. Allemaal hadden ze hun eigen verhalen, allemaal hadden ze wel eens, op een mistige of regenachtige ochtend, 'iets groots' omhoog zien komen in het water.

Ik was gelukkig daar, want het kon dus blijkbaar! Intens verlangend zat ik op de plek waar de laatste dino's leefden. Te wachten op de komst van mijn eigen Trix...

DAAN REMMERTS DE VRIES

DINO-ONDERZOEK

Door het lezen van dit boek weet je nu heel veel van Trix. Dat is natuurlijk niet alles omdat we er 67 miljoen jaar geleden niet bij waren. Op veel onderzoeksvragen heeft Anne Schulp met hulp van andere onderzoekers antwoorden gevonden. We weten wat voor ziektes en verwondingen Trix had, hoe oud ze ongeveer is geworden en zelfs hoe groot haar hersenen waren! Maar er zijn nog heel veel nieuwe vragen over Trix. Dino-onderzoek is nooit klaar.

ALS ANNE TERUG ZOU KUNNEN NAAR DE DINOTIJD EN HIJ MAG TRIX ÉÉN VRAAG STELLEN DAN IS DAT DEZE:

WAT ZOU JIJ AAN TRIX WILLEN VRAGEN?

Hoeveel baby's kon je in je hele leven krijgen?

Wat voor kleur hadden je veren?

At je wel eens een andere *T. rex* op?

Hoe hard kon je brullen?

Had je wel eens rugpijn?

Hoeveel poepte je?

Wat deed je met je voorpootjes?

Wat voor kleur had je huid?

Hoe sliep je?

Zoeken naar de antwoorden op je eigen vragen kan op verschillende manieren: Ga naar www.t-rex.naturalis.nl en stel je vraag over dino's en andere dieren aan onze experts Anne Schulp en Freek Vonk. Zij kunnen je verder helpen. Op deze website houden we je ook op de hoogte van al het onderzoek aan Trix dat Naturalis de komende jaren nog gaat doen.

Ook jouw onderzoek zal nooit klaar zijn; je zult merken dat iedere vraag weer leidt tot een volgende vraag. Blijf net als Anne Schulp nieuwsgierig en ontdek steeds meer!

T. REX IN TOWN

Kom naar de tentoonstelling *T. rex in Town* in Naturalis van september 2016 tot juni 2017. En sta oog in oog met T. rex Trix. Dat wil jij toch ook? Er is nog veel meer te zien en te doen! Zo ontdek je hoe sterk *T. rex* was en hoe snel ze kon rennen. Bekijk ook hoe experts echte triceratopsbotten (het lievelingsmaal van *T. rex*) schoonmaken. Vanaf eind 2018 kun je Trix bewonderen in de Dinozaal van het nieuwe Naturalis! Natuurlijk krijgt ze daar een ereplaats.

T. REX IN TOWN

ZELF FOSSIELEN VINDEN

Het is in Nederland zeker mogelijk om fossielen te vinden – en zelfs botten van grote, uitgestorven dieren. Maar over het algemeen zul je, als je ernaar gaat zoeken, toch voornamelijk overblijfselen vinden van kleinere beesten die in zee hebben geleefd. Tijdens het Laat-Krijt was Nederland geen land, maar een zeebodem. Er waren dus schelpen, haaien, zeeschildpadden, ammonieten (een soort inktvissen met schelpen) en zee-egels. En omdat het toen warmer was, was er ook koraal.

Die fossielen kun je ontdekken! In de meeste provincies is het zo dat je, in bijvoorbeeld omgeploegde velden, allerlei versteende zeebeesten kunt oprapen.

En verder? Later – na het Krijt – werd Nederland weer land. En leefden er meerdere grote zoogdieren. En dus kun je, als je een diep gat graaft, mogelijkerwijs de resten aantreffen van mammoeten, van reuzenherten, van nijlpaarden, van muskusossen, van hyena's, van beren of van oerossen. De Noordzeebodem is zelfs een van de beste vindplaatsen ter wereld van mammoet-botten!

Fossielen vind je verder soms op het strand (met name de Maasvlakte is heel geschikt), of in de Krijt-groeven rondom Maastricht, waar Anne de botten heeft uitgegraven van *Mosasaurus*.

En een *T. rex*...? Helaas! *Tyrannosaurus* leefde alleen in Noord-Amerika.

Maar laat je daardoor niet ontmoedigen. Nederland is en blijft absoluut een goed fossielenland! Ook hier is het dus mogelijk om een eigen verzameling op te bouwen; waarmee je van je kamer een minimuseum kunt maken met je eigen vondsten.

Zoek dus, buiten, zoveel als je kunt!
Want alles begint met nieuwsgierigheid.

HAAIENTAND
AMMONIET
SCHELP

INDEX

BEELDVERANTWOORDING

© Foto's/illustraties Naturalis: pagina 8-9, 16, 17 onder, 26, 27 onder, 30-31, 34-35, 40, 42, 43, 44 boven en midden, 45 midden-onder en onder, 46, 47, 48 boven, 52, 53, 55-57, 62, 63 boven, 64, 66 midden en onder, 67 botten, 70-72, 73 boven, 74-75, 77-81, 84-85 Blackhills Institute/Timothy Larson, 88 boven, 89, omslagfoto's
© Foto's Servaas Neijens, National Geographic/Naturalis: pagina 44 onder, 45 boven en middenboven, 48 midden, 49, 50-51, 54, 58 boven, 59 boven, 60-61, 63 onder, 65, 66 boven, 67 botten en onder, 68-69, 88 onder
© Illustraties Nobumichi Tamura: pagina 11 nest Tyrannosaurus rex, 13 Triceratops, 14 Edmontosaurus, 15 Thescelosaurus, 17 Nanotyrannus, 18 Leptoceratops, 19 Elmisaurus, 21 Brachychampsa, 21 Struthiomimus, 22 Didelphodon, 23 Quetzalcoatlus, 23 Dromaeosaurus, 25 Acheroraptor, 27 Ankylosaurus
© Foto's Black Hills Institute: pagina 83 onder
© Illustraties Wim R. Euverman: pagina 29 Tyrannosaurus rex
© Illustratie William Diller Matthew: pagina 21 onder
© Foto's Marten van Dijl, Naturalis: pagina 36-37
© 3D scan University of Manchester: pagina 73 onder
© Staat der Nederlanden: pagina 82 boven
© Foto KLM Cargo: pagina 83 boven
© Foto Chris van Houts: pagina 87 Daan Remmerts de Vries
© Overige foto's en illustraties: Shutterstock

Schrijfwijze *T. rex*

Als paleontoloog gebruikt Anne Schulp de wetenschappelijke namen als hij een dier als *T. rex* beschrijft. In de wetenschap worden namen van planten en dieren, die uit twee (vaak Latijnse) woorden bestaan, schuin geschreven. De eerste naam is het genus (bijvoorbeeld *'Tyrannosaurus'*, met een hoofdletter); de tweede naam is de soortnaam (*rex*).